La maison alchimiste

Véronique Robaglia

La maison alchimiste

Nouvelles

ISBN : 979-10-422-1261-2

À toi.

Préface

Quand j'ai rencontré Véronique Robaglia, je ne connaissais presque rien au Feng Shui. J'en avais quelques notions qui se résumaient à peu de choses, à savoir : le Feng Shui est une méthode chinoise qui nous enseigne comment aménager chaque pièce de la maison afin que le Chi, l'énergie, circule au mieux.

Tout cela me semblait bien éloigné de mes préoccupations. Cependant, ce savoureux petit recueil de nouvelles m'a fait toucher du doigt ce que cette philosophie, puisque c'en est une, pouvait apporter de concret à ma vie quotidienne. Et cette approche m'a passionnée.

L'originalité de ces récits, dont les personnages traversent une expérience de vie et de transformation par le Feng Shui, amène le lecteur à se questionner sur son environnement et sa vie. Il se surprend à être actif. Chaque histoire fait écho à la sienne. Il regarde sa maison d'un autre œil avec, en tête, les questions essentielles que sont l'harmonie, la sérénité, la santé, la relation aux autres.

Ce n'est pas un livre théorique, c'est un livre incarné. Les êtres vivants y sont en relation permanente avec leurs habitats. Leur lieu de vie est le reflet d'un blocage, mais les personnages vont doucement faire évoluer la situation.

Par sa plume, Véronique Robaglia nous régale et nous invite à saisir cette subtile alchimie de transformation.

Anne Pauzet,
Enseignante-chercheuse

Il existe une alchimie entre la personne et son habitat. Dans cet ouvrage, je vous propose des récits inspirés par mon expérience personnelle et professionnelle. Les histoires qui le composent mettent en scène les membres d'une grande famille imaginaire qui traversent les aléas de la vie. Vous allez découvrir au fil des pages comment certains vont trouver dans le Feng Shui matière à un réaménagement surprenant. Ce livre vous aidera à développer la prise de conscience du lien subtil qui existe entre la cartographie extérieure d'un habitat et celle intérieure du vécu de chacun. Ce recueil est un portail vers une harmonie accessible où la maison joue un rôle transformateur dans le voyage de la vie.

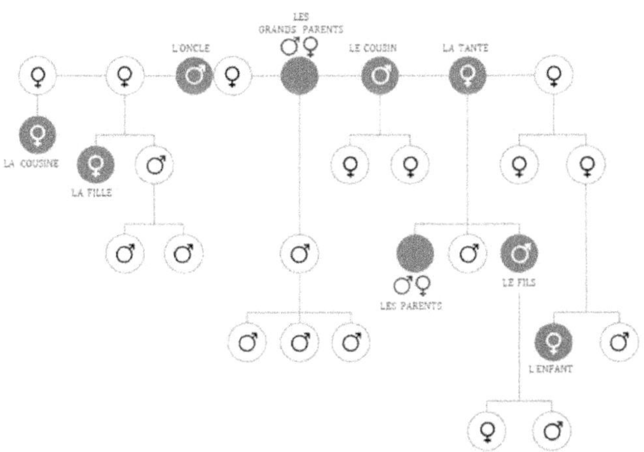

Je vous invite à découvrir la magie du Feng Shui rencontré au début des années 2000. Ces mots signifient le vent et l'eau en chinois. Ils symbolisent le ciel et la terre. Le Feng Shui est l'art d'harmoniser l'énergie universelle autour et dans l'habitation. Il étudie l'emplacement extérieur et la circulation intérieure d'une construction qui agissent sur le vécu des occupants. Il cherche à équilibrer les forces masculines (yang) et féminines (yin) au travers de l'aménagement et la décoration intérieure.

Ba-Gua
Secteurs de vie

Abondance	Réputation	Amour
Santé Acquis	TAO	Créativité Enfants
Connaissance	Carrière	Aide Extérieure

Le Feng Shui met en mouvement tous les éléments qui entrent en scène dans la décoration de la maison : agencement du mobilier, formes des objets décoratifs, en passant par les combinaisons de couleurs, le cycle des matières, et d'une manière essentielle, les symboliques personnelles dont chaque espace intérieur est animé.

Le Salon Le Fils La Carrière	La Cuisine La Tante La Réputation	La Bureau L'Oncle La Connaissance
La Salle à Manger La Cousine L'Aide Extérieure	La Salle de Bain Les G-Parents La Santé/Les Acquis	La Chambre L'Enfant La Créativité
La Chambre Les Parents L'Amour	L'Atelier Le Cousin L'Abondance	Le Jardin La Réunion Le TAO

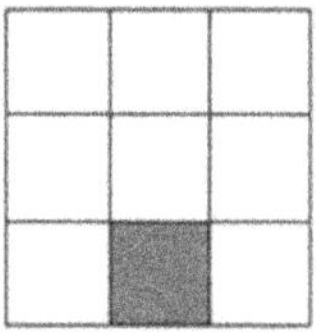

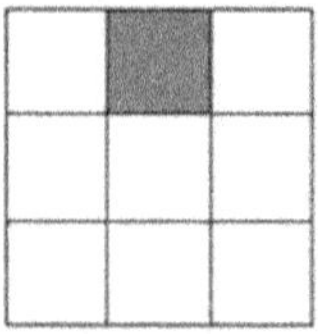

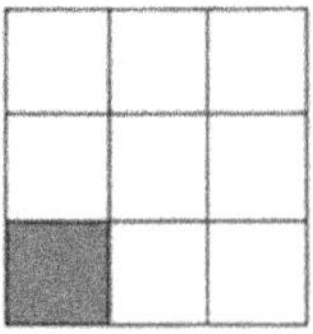

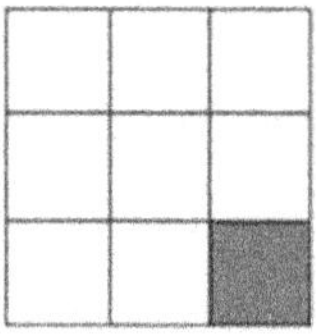

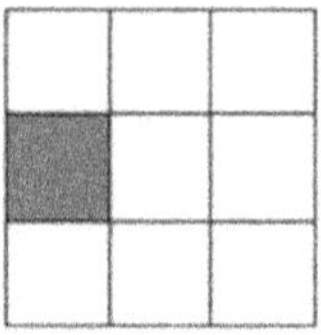

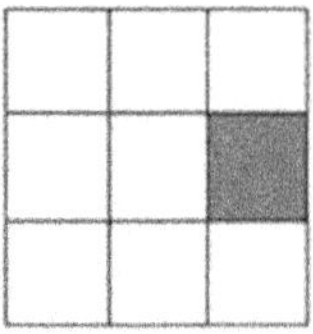

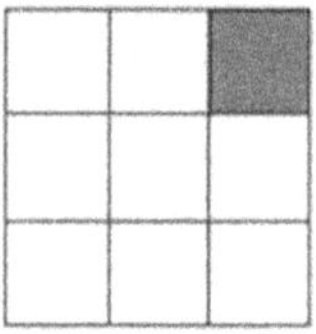

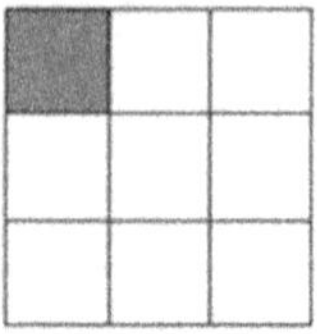

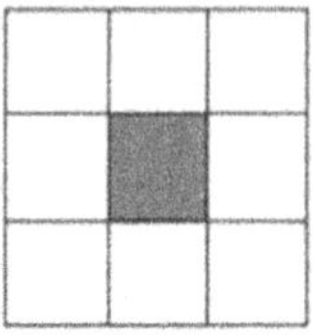

Souvenir – un lieu, une famille

Un grand terrain, une fermette en ruine, un verger nourricier demandent à revivre en compagnie humaine. Voilà le lieu en sommeil que mes parents choisissent pour réaliser leur projet de vie familiale : la construction d'une nouvelle maison. Le temps est compté, la famille s'agrandit et a besoin de place. Quitter un appartement exigu, mais fonctionnel devient urgent !

Je suis l'aînée de la fratrie, j'ai 7 ans et j'observe en silence la concrétisation de ce joli projet. Mais celui-ci a des épines. Il est porteur de tensions, de stress, de voix qui parlent fort. Mes parents sont divisés, tant par la répartition des espaces, le choix des matériaux et le budget. Une ambiance familiale compliquée s'installe. La maison voit le jour dans la lutte. À peine achevée, elle accueille le petit dernier.

Cette histoire marque profondément mon enfance et mon caractère. Ma spontanéité s'estompe, je deviens très sérieuse, au service de ma famille et de cette grande maison.

Heureusement, la nature, le dessin et l'écriture deviennent mes meilleurs amis et nourrissent ce qu'aujourd'hui je souhaite vous partager dans ce livre.

Prologue
L'entrée : la fille – rayonner

Sidérée par la réaction soudaine et les cris de sa mère, la Fille se figea. Elle ne comprenait pas la réaction violente et inattendue de son interlocutrice. Au moment du départ, après un week-end plutôt détendu, cet emportement était incompréhensible. La voix stridente de sa mère retentissait dans l'entrée de la maison parentale : « Je suis la dernière roue du carrosse, personne ne tient compte de mon avis. Trop, c'est trop, tu es insupportable, comme d'habitude, je suis la dernière à être entendue dans cette famille ! »

Quelques semaines auparavant, la Fille avait annoncé à ses parents qu'elle refusait une donation qui la désavantageait. Ses parents étaient restés silencieux. Mais en fait, cela ne convenait pas à sa mère et la réaction était intense.

Des images du passé surgirent. De multiples fois, la Fille avait gardé son opinion pour elle, contrôlé ses émotions et son attitude vis-à-vis de ses parents. Cette fois-ci était de trop ! Un profond sentiment d'injustice l'envahit. La colère monta en un instant et elle se mit à hurler, elle aussi, impuissante à accueillir l'émotion contenue depuis si longtemps. « J'en ai assez moi aussi, tu n'es jamais contente ! » Elle lança une volée d'injures à sa mère, confirmant son débordement émotionnel.

Sans plus attendre, la jeune femme sortit de la maison en claquant la porte d'entrée vitrée. Les petits carreaux résistèrent à la violence du geste. Décidément, cette maison, cette entrée, elle l'avait en horreur. Elle s'y sentait mal depuis l'enfance. Une angoisse sourde l'envahissait dès qu'elle revenait sur le lieu, sans savoir pourquoi. Cela ne pouvait plus continuer ainsi, il était temps de passer à l'action pour se libérer de cette situation étouffante.

Dans la nuit qui suivit, elle rêva de la maison de ses parents. Elle avait vu son corps enveloppé d'un linceul blanc, déposé sur un brancard, être transporté hors de la maison par la porte d'entrée. Cette vision lui avait apporté la paix intérieure et elle décida de consulter une psychologue. Elle avait besoin d'être aidée pour décoder la relation conflictuelle qui existait entre elle et sa mère depuis longtemps. C'est ainsi que le voyage au cœur de son histoire personnelle commença.

Dès la première rencontre, la thérapeute expliqua que son rêve était le signe d'une libération psychique. L'inconscient indiquait ainsi que la jeune femme sortait de l'égrégore du fonctionnement de sa famille d'origine. Cette ouverture était un feu vert pour faciliter son expression personnelle, une forme de naissance pour se reconnaître et apprécier sa personnalité unique.

Ainsi l'enquête au cœur d'elle-même et de ses racines venait de commencer. Cette enquête allait la conduire progressivement à découvrir peu à peu les secrets cachés de ses ascendants, des histoires de famille que personne n'évoquait. Pour accomplir ce parcours, la connaissance du Feng Shui pratiquée plus tard, lui serait une grande aide. De cet art ancestral étudiant la circulation de l'énergie vitale autour et dans l'habitation, des réponses pertinentes lui viendraient, comme un cadeau.

Le lieu de cette scène marquante, l'entrée était celle des invités. En effet, la maison parentale avait plusieurs accès. Des situations burlesques à la Charlot pouvaient se mettre en place parfois avec des accès ouverts ou fermés, selon l'humeur du jour. L'entrée des visiteurs était plutôt grande et lumineuse. Néanmoins, l'agencement mis en place créait une gêne pour y circuler facilement. En effet, avec les notions du Feng Shui, l'entrée est la carte de visite des habitants. Elle illustre le rayonnement des personnes, ce qu'ils aiment et ce qu'ils révèlent plus au moins consciemment aux autres. Cet espace est à considérer comme un sas entre les influences extérieures et la vie de la maisonnée, comme un filtre protecteur et chaleureux. Une entrée encombrée indique que trop d'éléments encombrent la vie intérieure des occupants.

Le tri, au sens propre comme au figuré, est une source de renouveau et d'apaisement.

Là, dans cette entrée, une certaine froideur régnait : le carrelage blanc du sol, les murs bleus foncés et la porte d'entrée vitrée jusqu'en bas créaient une ambiance ambivalente. Ces coloris induisaient à une certaine réserve alors que le style de la porte incitait à une ouverture relationnelle. Le grand portemanteau mural surchargé, l'imposant secrétaire ancien au battant ouvert ajoutaient de la confusion visuelle. Un tableau représentant un torero fatigué, baissant la tête après le combat, évoquait de la tristesse. Le thème du rayonnement personnel, du charisme, de l'affirmation de soi était l'objet du clash entre la mère et la Fille. Coïncidence ou hasard, dans l'art du Feng Shui, l'entrée est l'espace qui symbolise ces secteurs de vie.

« C'est amusant, expliqua des mois plus tard, la jeune femme à son amie d'enfance Agnès, je suis en train de m'ouvrir à une autre dimension de moi-même et cela résonne avec les zones de l'habitat. »

Agnès lui répondit qu'elle avait aussi entrepris une analyse de sa place par rapport à sa famille. Les jeunes femmes se connaissaient depuis le lycée. Une amitié forte les unissait, même si elles se voyaient irrégulièrement. Agnès expliqua à son amie que l'entrée de la maison de ses parents était orientée au nord. Sombre et étroite, elle était meublée avec du mobilier de style classique, héritage de ses grands-parents. La décoration n'avait pas changé depuis son enfance. Agnès vivait encore chez eux. Ces éléments signifiaient que quelque chose était à l'arrêt dans la vie de cette famille. Ses parents étaient autoritaires et la considéraient encore comme une enfant alors qu'elle approchait de la trentaine. Ils souhaitaient pour elle un « beau » mariage et ne comprenaient pas son attirance pour les filles et la moto.

Tiraillée entre l'attachement qu'elle vouait à sa mère, la profonde colère vis-à-vis de son père qui préférait son frère et l'envie d'indépendance freinée par ses longues études littéraires, sa situation était complexe. Pourtant, suite à sa prise de conscience, Agnès envisagea de trouver un emploi rémunéré pour avoir son propre logement. Elle se sentait prête à vivre librement ses choix. Sa décision se concrétisa en un trimestre. Elle postula avec succès pour un poste de remplaçante de professeur des écoles et pris un studio en ville.

De son côté, la Fille, quant à elle, laissa passer quelques mois avant de reprendre contact avec ses parents. Elle ne s'excusa pas auprès de sa mère. Celle-ci avait appris avec inquiétude qu'elle consultait une psychothérapeute et cela ne se faisait pas dans la famille. Les retrouvailles se déroulèrent dans un café, un lieu neutre. Ce fut le moment d'exprimer le mal-être existant depuis son adolescence, dans cette maison qui sentait tellement le mystère. Les parents, contents de revoir leur fille, l'écoutèrent sans dire mot. S'en suivit pour elle un parcours atypique afin d'alléger son lourd héritage psychogénéalogique. Des secrets liés aux ascendants furent dévoilés par la symbolique des rêves et la libération de mémoires cellulaires. La jeune femme fut définitivement soulagée de ses angoisses inexpliquées en découvrant l'histoire, côté maternel, d'un grand-père absent, car interné pour une grave dépression avec son héritage spolié en faveur d'un frère aîné. Côté paternel, elle découvrit l'histoire d'une aïeule conçue sous le secret d'un viol et soumise aux règles de sa famille.

Ainsi, l'altercation vécue dans l'entrée, reliée à l'expression personnelle, avait conduit la jeune femme à explorer la dimension souterraine de son être et à renaître ensuite. Au final, c'était un cadeau au goût de liberté. Comme l'oiseau, elle s'envola légère et confiante vers la lumière de la vie pour mieux rayonner.

Vous : Votre entrée, comment est-elle, qu'en dites-vous ?

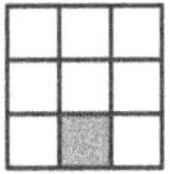

Le salon
Le fils – la carrière

« Non, je ne suis pas disponible pour te lire une histoire, s'exclama le Fils à son petit garçon, j'ai d'autres choses à faire, surtout avec le nouvel ordinateur que je viens de recevoir. Va donc voir ta mère ! »

L'enfant baissa la tête et se tut, déçu par la réaction de son père. Celui-ci, après plusieurs jours d'absence, était enfin à la maison. Le garçonnet voulait vraiment passer un moment avec lui dans le grand salon. Il voyait si peu son père. Il jeta un coup d'œil à la cuisine où sa mère s'affairait. Celle-ci préparait le repas du soir. Il savait qu'il était inutile de lui demander une lecture. Le petit soupira : personne n'était disponible pour lui lire cette histoire de lutins coquins. Sa grande sœur lui avait fait découvrir quelques pages la veille et il avait adoré ce récit. Mais, elle était partie chez une amie en cette fin de week-end. Elle ne rentrerait que le lendemain après ses cours au collège.

Le tout jeune garçon apprenait à lire depuis un trimestre. Un monde nouveau s'ouvrait à lui pour son plus grand plaisir. De nature rêveuse et sensible, l'enfant avait une imagination débordante. L'univers des livres le passionnait. Il se réfugia donc dans sa chambre, résigné, et se consola en regardant les illustrations du livre qui lui plaisait. Il imagina sa propre version de l'histoire des lutins.

Dans le salon, le Fils était assis à son bureau, positionné de façon à voir l'ensemble de l'espace pour ne pas être pris au dépourvu. Il s'y installait régulièrement pour traiter son courrier et ses papiers. Autour de lui, la famille pouvait aller et venir. Il restait toujours concentré à ses tâches sans lever la tête pendant des heures, captant juste la présence de ses proches. Comme il venait d'acquérir un nouvel ordinateur portable, la mise en route de celui-ci occupait tout son esprit.

Le vaste salon, décoré d'un carrelage blanc ponctué de cabochons noirs, respirait la rigueur et la structure. Les murs peints d'un blanc immaculé créaient un sentiment d'absolu, ouvrant à tous les possibles. Cette blancheur intensifiait la lumière de la pièce exposée à la puissance de l'orientation du sud. L'ambiance reflétait l'envie dévorante du Fils de briller et d'accéder à une position notable de pouvoir.

Cet espace était le lieu où des échanges intenses, voire des tensions pouvaient prendre leur source si le Fils n'obtenait pas ce qu'il voulait. Avec son épouse, il y organisait régulièrement des réceptions. Sa carrière en dépendait. Sa fonction de haut cadre dans l'industrie automobile le faisait voyager aux quatre coins du monde. Ses relations avaient favorisé sa réussite en complément d'un travail opiniâtre.

Son credo était que la réussite sociale était essentielle dans la vie, où les hautes études, la persévérance et la ténacité étaient le trio gagnant.

Cette pensée était partagée par sa femme qui voyait dans la réussite de son époux, un moyen de briller aux yeux de ses amies et de sa propre famille. Elle s'occupait avec dévouement du quotidien de la maisonnée. Ainsi, le salon, par son aménagement, soulignait l'engagement social et relationnel du couple. Situé dans la zone Feng Shui de la Carrière selon le plan de la maison, il reflétait, tel un miroir, les objectifs de vie du Fils et de son épouse.

Un magnifique canapé d'angle en cuir noir était orné de coussins soyeux gris perle. Autour de celui-ci, le camaïeu beige des fauteuils de style hérités de la famille et une grande table basse de marbre blanc animaient l'espace. Des rideaux de taffetas également dans des tons de gris, habillaient avec élégance les baies vitrées ouvrant sur une vaste terrasse.

Face à la porte à doubles battants, une grande cheminée en travertin blanc, rarement allumée, était décorée avec de nombreux bibelots précieux aux reflets dorés. Ces éléments ajoutaient une touche plus chaleureuse à cette décoration impeccable, sans fausse note de goût. À proximité de la cheminée, le portrait d'un ancêtre paternel en tenue militaire, ressemblant étrangement au Fils, portait un regard conquérant vers l'horizon bleuté du tableau. Dans ce salon, le caractère autoritaire du Fils se ressentait. Son petit garçon était intimidé quand on lui demandait d'y venir, se sentant perdu et cherchant des repères rassurants.

« On n'a rien sans effort, il faut travailler dur pour réussir, la vie ne fait pas de cadeau ! » Ces phrases, lancées régulièrement à la ronde par le Fils et reprises en écho par son épouse, sidéraient l'enfant. Il ne sentait pas à la hauteur de ces exigences et préférait se réfugier dans sa chambre pour rêver à un monde différent, plus doux et plus humain.

Pourtant, quelques mois plus tard, un évènement imprévu bouscula la belle évolution de carrière du Fils. La direction de l'entreprise internationale lança une grande réorganisation qui modifia ses fonctions. Son poste fut orienté vers une activité plus sédentaire et moins intéressante. À cette période, comme par hasard, une fuite d'eau venant de la toiture inonda un coin du salon, dégradant les rideaux de soie et une partie du magnifique canapé.

Le Fils, blessé par cette situation, s'enferma dans un mutisme profond qui dégrada la vie familiale. Certes, il était plus présent à la maison, mais son humeur l'isolait des joies simples et complices du quotidien. Touché par l'état déprimé de son père, le petit garçon eut alors une idée pour le distraire à l'occasion de l'anniversaire paternel fêté en famille. Le temps des grandes réceptions était achevé. Passionné par la lecture et l'écriture qu'il maîtrisait de mieux en mieux, aidé par sa grande sœur, l'enfant décida d'écrire une chanson. Elle parlait de l'affection, de la vision qu'il avait de son père, de l'amour, de la vie et de la nature. Toujours avec sa sœur à ses côtés, ravie de participer à ce projet, il fabriqua deux grandes ailes en carton pour se déguiser en ange musicien. Ils s'amusèrent beaucoup aussi à confectionner une petite couronne dans du papier doré.

Le jour J, le Fils rentrant maussade de sa journée, posa ses affaires dans le grand salon. Les murs venaient d'être repeints dans un coloris jaune pâle, couleur que son épouse souhaitait avoir depuis longtemps dans cette pièce. « C'est une teinte qui favorise la communication et la joie de vivre, » avait-elle lu dans un livre sur le Feng Shui. Pendant le temps de la rénovation, le portrait de l'ancêtre avait été décroché. Elle hésitait à le remettre en place. Assis derrière son bureau, le Fils vit arriver un petit ange vêtu d'un drap blanc et d'une couronne dorée sur la tête, sautillant sur la pointe des pieds. C'était son petit garçon qui s'approchait et qui se mit à chanter courageusement d'une voix claire, le texte écrit à quatre mains à la gloire de son père.

Le Fils, étonné par la prestation inattendue de son enfant, se figea. Il se tut après que la chanson fut terminée. Une larme coula sur sa joue, dévoilant une émotion de joie profonde. Le petit garçon resta immobile, attendant la réaction de son père. Celui-ci se leva enfin, le prit dans ses bras en souriant et l'embrassa avec tendresse. La carrière du Fils venait de prendre une autre dimension.

Vous : Comment est votre zone carrière ? Quelle pièce est-ce ? Vous sentez-vous en confiance facilement ?

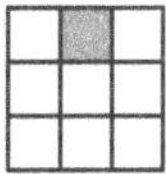

La cuisine
La tante – la réputation

Fidèle à ses principes, la Tante aligna avec soin sur la table de la cuisine les ustensiles qu'elle allait utiliser. « De l'organisation, de la méthode », dit-elle à voix haute pour s'encourager. Veuve depuis quelques mois, elle avait perdu momentanément l'envie d'œuvrer en cuisine.

Pourtant, c'était sa passion depuis toujours. Elle avait hérité de sa mère un talent culinaire exceptionnel. D'ailleurs, elle aurait bien aimé en faire son métier. Mais la rencontre coup de foudre avec son futur époux et le mariage rapide qui s'en suivit avaient modifié son projet. Sensuelle et gourmande, elle avait succombé au charme envoûtant d'un jeune homme rencontré lors d'une fête populaire. Un bébé s'annonça et engagea de suite le jeune couple dans une vie stabilisée et tranquille. La Tante s'investit alors dans le quotidien de sa famille qui s'agrandit rapidement avec l'arrivée d'autres enfants. Elle renonça à ses rêves professionnels.

Néanmoins, son talent culinaire faisait la joie de son entourage chaque jour et cela la comblait pleinement. Sa réputation de fine cuisinière dépassait largement le cadre de la famille. Les amis et les voisins se réjouissaient et se frottaient le ventre quand une invitation était lancée à la ronde pour manger chez elle. D'ailleurs, ils avaient surnommé sa maison : « À la Bonne Cuisine ».

La cuisine était donc la pièce centrale de vie de la maison, sous le signe du naturel. Selon le regard du Feng Shui, cette pièce se situait en zone Réputation de l'habitation, zone particulièrement importante. En effet, c'est elle qui révèle les valeurs et l'image sociale d'une famille ou d'une entreprise quand il s'agit d'un espace professionnel. Cette zone correspond à la partie centrale d'une pièce ou d'une maison, située en face de l'accès principal.

La grande cuisine de la Tante était impeccable, bien équipée, lumineuse et chaleureuse. Une odeur d'herbes séchées, de miel et de terre ajoutait une atmosphère unique. Les poutres en chêne du plafond avaient été éclaircies et les fenêtres d'origine agrandies. La peinture à la chaux réalisée en deux tons de beiges orangés ajoutait de la convivialité à la pièce. Orienté à l'est, l'espace inspirait la gratitude de voir une nouvelle journée commencer. Ainsi, chaque matin, au lever du jour, la Tante s'installait au bord de la table en bois clair pour déguster tranquillement un thé parfumé à la rose, recette dont elle avait le secret. Elle décidait à ce moment-là de la teneur des repas pour la journée.

Sa maison, ancienne fermette située à la campagne à proximité d'un petit bourg, disposait aussi d'un jardin que la Tante entretenait avec amour. Elle utilisait ainsi les herbes et les légumes de saison, attachée au rythme naturel de la vie. De plus, elle adorait rechercher des recettes originales avec des plats inspirés de l'histoire, de l'alchimie et du moyen-âge. Tout cela expliquait sa belle créativité culinaire et le fait qu'elle ne s'ennuyait jamais. Parfois, un de ses enfants partageait un moment avec elle pour réaliser une recette, mais en général, elle cuisinait en solitaire.

Le temps passant et les enfants partis, les retrouvailles avec son mari avaient été difficiles. La passion des premières années s'était estompée. L'activité prenante de celui-ci, en tant que commercial, avait créé peu à peu une distance relationnelle entre eux. Elle était invisible avec la présence des enfants. Elle devint évidente quand le couple se retrouva en tête à tête. La Tante constata que finalement les centres d'intérêt de chacun étaient bien différents. Elle, passionnée par la cuisine, le jardin et parfois le bricolage et lui, le nez dans les chiffres, les investissements et les lectures économiques, n'étaient plus vraiment proches. Elle se demandait comment leur couple allait rebondir, quand, brutalement, lors d'un déplacement, son époux décéda d'une crise cardiaque.

Elle se retrouva ainsi, seule et abattue, choquée par ce départ soudain.

Ses enfants vivaient loin d'elle, absorbés par leur propre vie de famille et leurs activités. Après l'enterrement de leur père, ils étaient bien venus passer un peu de temps avec elle en lui demandant si elle souhaitait rester encore dans sa maison. Son esprit était trop embrouillé par les émotions et elle ne voulait pas prendre de décision hâtive pour formuler une réponse claire. Elle aimait son lieu de vie, se sentait en pleine forme et voulait trouver un nouveau sens à sa vie.

Les mois passèrent ainsi, monotones et gris. La Tante sentait le besoin de retrouver de nouveaux repères, de nouvelles joies, sans ses enfants, sans son défunt époux. Un matin, sa voisine qui l'aidait parfois au jardin lui dit : « J'ai découvert un article très intéressant dans le magazine Bien-Etre auquel je suis abonnée. Il parle de l'influence de l'ambiance des lieux, des mémoires du vécu dans une maison et des effets d'un agencement ressourçant pour les personnes. J'ai bien pensé à toi, après tout ce que tu as vécu dans ta maison ! »

La Tante écouta avec intérêt sa voisine. Elle sentit dans son cœur qu'il y avait une piste à suivre pour aller de l'avant. Elle entreprit une recherche plus approfondie avec la lecture de quelques livres sur le Feng Shui et la Géobiologie. Elle fut ainsi convaincue qu'il était nécessaire de changer des éléments dans sa cuisine et de purifier sa maison. Les coloris vert et crème des façades des meubles étaient adaptés, mais elle découvrit que le placement de sa cuisinière et de son évier était trop proche. Les énergies non compatibles du feu et de l'eau pouvaient inciter plus facilement à des discordes. Elle sourit, car elle se rappela que des discussions vives et tendues avaient eu lieu bien souvent avec son mari.

Elle décida donc de revoir l'agencement et de changer la place de ces éléments. Il était plus facile de bouger la cuisinière et elle se fit aider par le mari de la fameuse voisine. Elle lui fit peindre aussi les poutres en blanc cassé et ajouta des luminaires pour mieux éclairer les plans de préparation. Ensuite, dans toute la maison, elle procéda à une fumigation à la sauge pour la purifier et libérer l'énergie du vécu des années passées. Elle passa beaucoup de temps dans le bureau de son mari qu'il fallut trier auparavant.

Ces tâches réalisées par étapes, elle se sentit plus légère, avec une envie nouvelle de se remettre aux fourneaux. Non pas comme dans le passé, mais autrement, avec l'envie de proposer son talent culinaire et de partager sa passion à un public inconnu qui pourrait faire appel à ses services. Pour commencer, elle sélectionna les plats qui avaient eu le plus de succès auprès de ses amis. Ceux-ci étaient principalement autour des produits de saison et des légumes anciens. Avec de jolis noms évocateurs de plaisir gustatif, elle pensait que cela marquerait les esprits.

Ses enfants et ses voisins approuvèrent immédiatement son projet. Ils étaient convaincus que cette belle idée allait avoir du succès. De plus en plus de personnes n'avaient pas le temps de cuisiner et commandaient des plats préparés pour un repas en amoureux ou un dîner amical. Et il y avait tant d'amour dans les plats préparés par la Tante que leur saveur était unique ! « La Bonne Cuisine » de la Tante connut peu à peu une jolie réussite. Son réseau amical et les connaissances du bourg parlèrent d'elle. Sa réputation grandit. Pour l'aider dans la logistique des commandes et des livraisons, elle se fit aider par un jeune de la région. Quelques mois plus tard, une nièce vint la rejoindre pour l'aider en cuisine et au jardin, s'installant chez elle.

Ainsi, une nouvelle vie commença pour la Tante. Son rêve d'exprimer au monde son talent de fine cuisinière se réalisa. En s'épanouissant ainsi, sa joie de vivre et sa vitalité furent augmentées. Elle nourrissait les personnes, elle nourrissait aussi leur esprit avec sa propre histoire inspirante. Alors, sa notoriété rayonna bien au-delà de sa région.

C'est ainsi que j'ai eu le bonheur de discuter avec elle de sa passion et de goûter un de ses plats vedette. Avec son accord, je vous partage ici la délicieuse recette originale et facile à faire : La Mousse de Cresson.

Voici ce dont vous avez besoin pour la réaliser : *Ingrédients : Une botte de cresson – quelques brins de ciboulette – 1 œuf – 40 g de beurre – 1 dl de crème fraîche – jus d'un citron – sel – poivre.*

Concassez grossièrement le cresson soigneusement lavé. Hachez la ciboulette en petits morceaux. Dans une sauteuse, faites fondre le beurre, ajoutez le cresson haché et la ciboulette. Couvrez et laissez cuire 5 min. Ajoutez la crème fraîche, le jus du citron, le sel et le poivre. Mélangez le tout avec une spatule en bois et laissez réduire jusqu'à obtenir la consistance d'une purée. Ajoutez hors du feu l'œuf entier. Incorporez-le en le mélangeant vivement. Versez ensuite dans 2 ramequins et faites cuire au four, au bain-marie, pendant 10 minutes. Démoulez pour servir.

Bon appétit !

Vous : Quelle pièce se situe dans la zone Réputation de votre habitat ? Quel est son aménagement ? Quelle vision avez-vous de vous-même ? Comment les autres vous perçoivent-ils ?

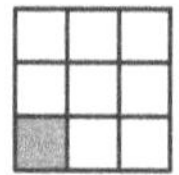

Le bureau
L'oncle – la connaissance

Le vieil homme ouvrit la porte de son appartement en grommelant. Il n'avait pas l'air ravi d'accueillir la petite famille de son neveu chez lui. Pourtant, il avait organisé cette réception de longue date. En effet, il invitait ses proches chez lui pour deux moments particuliers dans l'année : son anniversaire et en janvier pour la nouvelle année. Habitués au caractère taciturne de leur oncle, les invités ne sourcillèrent pas et entrèrent dans l'appartement, le sourire aux lèvres.

La famille, composée de 2 garçons âgés de 10 et 12 ans et de leurs parents, était contente de partager ce moment. Ils savaient que leur oncle n'avait pas eu une vie facile. Il avait été orphelin très jeune et placé en pension en tant que pupille de la nation, son père militaire étant mort à la guerre. Éloigné de sa mère dépressive vivant en Bretagne, il s'était construit une carapace de solitaire. Celle-ci le protégeait de toute expression sentimentale avec son entourage.

Plus tard dans sa vie, une femme, plus âgée que lui, avait réussi à toucher son cœur endurci par la discipline du pensionnat. Elle l'avait encouragé avec tendresse et douceur à évoluer et à réussir dans une carrière administrative. Malheureusement, cette épouse dévouée était décédée d'une longue maladie après quelques années de mariage. À nouveau, l'Oncle vivait seul. Il habitait dans le vaste appartement qu'il avait partagé en couple. Il ne pouvait le quitter, attaché aux objets mis en place et aux souvenirs vécus dans ce lieu.

Son appartement était confortable, décoré avec soin. Des bibelots évoquant des voyages, des meubles précieux de famille de son épouse défunte animaient les pièces. Des tissus anciens décoraient les murs du couloir et du salon. Situé au rez-de-chaussée d'un immeuble, l'espace manquait toutefois de lumière naturelle. Des lampes allumées çà et là compensaient ce désagrément et créaient une ambiance intimiste.

Les invités s'installèrent directement au salon pour y prendre l'apéritif. Le rituel était établi : du jus de fruits pour les enfants et un verre de champagne pour les adultes. Rapidement, comme la conversation ne les concernait pas, les deux garçons circulèrent dans les autres pièces, à la recherche du chat. Eh oui, l'Oncle vivait avec un chat, un chat très distingué qui buvait de l'eau dans un verre de cristal et mangeait dans une assiette de porcelaine à table. Ce chat au pelage noir et au caractère sauvage (pouvait-il en être autrement ?) s'était caché dès que la sonnette de l'entrée avait retenti. Aussi, le jeu des enfants était de le retrouver, même si cette activité déplaisait à l'Oncle qui ne voulait pas que son animal soit dérangé. Après avoir parcouru la salle à manger, le long couloir, le petit boudoir faisant office de bureau et jeté un coup d'œil à la cuisine, les deux garçons revinrent bredouilles au salon. Le chat avait disparu.

Le repas s'annonça avec bonheur, car tous avaient faim. Les mets étaient délicieux. L'Oncle aimait cuisiner, c'était un de ses talents. Au moment du dessert, une ombre noire se glissa furtivement dans la salle à manger pour se frotter, en miaulant, près de la chaise où l'oncle était installé. Le chat avait faim et réclamait son repas. « Te voilà donc, s'exclama le vieil homme, où étais-tu ? Je vais te chercher à manger et t'installer près de nous. »

Les invités se regardèrent en souriant, mais ne dirent rien. Ils connaissaient le rituel. La patience allait être nécessaire avant de pouvoir déguster le délicieux gâteau posé sur la desserte à proximité.

Profitant de l'absence du grand Oncle parti avec le chat en cuisine, les deux garçons, avec l'accord de leurs parents, se levèrent de table pour se dégourdir les jambes.

Continuant leur exploration, ils osèrent s'engager vers le petit couloir sombre situé sur le côté de l'appartement. Cette zone était interdite, réservée à l'intimité des habitants et personne n'y allait. Trois portes étaient fermées et ils n'osèrent pas les ouvrir. Le temps était trop court, il fallait revenir à table, car on les appelait déjà.

Pourtant leur envie était forte, car la disparition du chat les intriguait. Cependant, ce jour-là, il ne fut pas possible d'explorer plus loin ce sujet.

La vie rapporte des cadeaux. Quelques semaines après, une invitation inattendue de leur oncle leur offrit une magnifique opportunité sous la forme d'un goûter imprévu, sans les parents, avec un petit voisin de leur âge que l'oncle accueillait parfois. Il dut s'absenter un moment pour aller chercher un remède pour son chat. Dès son départ, les 3 garçons s'engouffrèrent dans le petit couloir interdit.

Les trois portes étaient fermées. Néanmoins, la première put s'ouvrir sur une salle d'eau défraîchie, sans lumière naturelle, qui contrastait avec le reste de l'appartement. La seconde était fermée à clef. Enfin, la troisième porte, percée d'une chatière, s'entrebâilla en grinçant pour révéler un grand espace sombre. Les rideaux étaient tirés. Les garçons distinguèrent dans la pénombre un vaste bureau ancien débordant de papiers et des murs chargés de livres.

Cette pièce était le deuxième bureau de l'Oncle. Intimidés par l'atmosphère pesante, ils consultèrent les documents éparpillés sur le bureau. Il s'agissait de papiers d'archives, d'arbres généalogiques et de prises de notes avec les noms de grands-parents et d'ancêtres que les enfants ne connaissaient pas. Ce lieu bien gardé, secret, était découvert avec le mystère de la disparition du chat. L'Oncle, qui n'évoquait jamais son vécu ou ses projets, était à la recherche de ses origines. Dans cette ambiance sombre et un peu oppressante pour les enfants, il étudiait l'histoire de ses racines à travers des livres d'histoire régionale, d'archives et de documents anciens.

Les garçons ne s'attardèrent pas dans la pièce. Le temps était compté. L'Oncle allait rentrer d'un instant à l'autre. En refermant la porte, ils se mirent d'accord pour ne pas parler de leur découverte. Ils avaient un peu peur de la réaction des adultes, leurs parents y compris.

Cette pièce secrète se situait dans une zone intime de l'appartement. Elle était reliée en Feng Shui, au secteur de la connaissance, des études et de la spiritualité. Avoir ce style de pièce à cet endroit est idéal pour favoriser les études, la connaissance de soi-même et le développement personnel. Néanmoins, dans ce cas, l'obscurité régnante marquait comme un frein. Le brun dominant de la décoration, le parquet foncé et les boiseries presque noires apportaient un fort sentiment de sécurité et de stabilité. Les accessoires de bureau en métal argenté et l'éclairage minimaliste symbolisaient que cette recherche était personnelle, mentale et secrète. L'oncle ne désirait pas partager ses découvertes. Cela aurait certainement fragilisé sa carapace émotionnelle et modifié la manière dont il cultivait ses relations.

Quelques années passèrent sans que cet évènement ne soit révélé. En effet les neveux virent beaucoup moins leur oncle. En vieillissant, il devenait de plus en plus amer à propos des gens, de la société et de la vie. Lors d'un dernier repas ensemble, le vin aidant, il reprocha vivement à son neveu ses choix politiques et l'éducation qu'il donnait à ses deux fils, devenus de jeunes adolescents. Ce moment déplaisant marqua la famille qui prit de la distance. Jusqu'au jour où une crise cardiaque emporta le vieil homme, seul chez lui, le chat ayant disparu quelques mois auparavant.

Libérant l'appartement pour le mettre en vente, la famille découvrit, à la lumière d'une journée ensoleillée, l'espace resté secret si longtemps avec les recherches généalogiques de leur oncle. Mais il était trop tard pour en parler tous ensemble à cœur ouvert.

Vous : Quelle pièce se situe dans la zone connaissance de votre habitat ? Quelle décoration y avez-vous ? Comment vous y sentez-vous ?

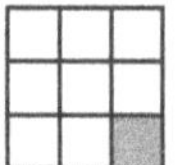

La salle à manger
La cousine – l'aide extérieure

« Bienvenue chez moi », dit la femme ouvrant la porte de sa maison, souriant à sa visiteuse. Je suis ravie de vous rencontrer. La jeune femme, accueillie ainsi, se détendit immédiatement et remercia son hôtesse avec un large sourire. Elle était sur le qui-vive, car elle rencontrait pour la première fois la Cousine. Une amie lui avait recommandé de prendre un rendez-vous avec cette femme fascinante et mystérieuse, lui disant qu'elle pourrait peut-être l'aider.

Dans le quartier, on racontait que la Cousine avait eu une vie tumultueuse. Des années auparavant, elle avait épousé un homme bien plus âgé, très amoureux d'elle. Il était décédé un an plus tard, lors d'un séjour au Mexique, lui laissant de quoi vivre largement. On disait qu'ensuite, elle avait voyagé dans beaucoup de pays et qu'elle avait eu de nombreux amants. Elle ne s'était jamais remariée, voulant préserver son indépendance.

La Cousine habitait ainsi dans la belle maison bourgeoise où elle avait vécu peu de temps avant de parcourir le monde en compagnie de son époux.

Après le décès de celui-ci, elle n'était pas revenue vivre en France, mais avait séjourné dans d'autres pays, en particulier en Amérique latine et même jusqu'en Orient. Là-bas, elle avait entendu parler du Feng Shui et découvert que l'application des couleurs était différente de celles utilisées en occident.

Après quelques années nomades, elle était revenue vivre dans sa maison fermée depuis si longtemps. Heureuse de la retrouver, la Cousine souhaitait lui offrir une nouvelle vie. Ainsi, elle réaménagea à sa guise le rez-de-chaussée où se trouvaient la cuisine, le salon et la salle à manger. Elle choisit des teintes ivoire et terracotta stimulantes et porteuses de joie pour faire repeindre les espaces de circulation. Revenue avec des trésors venus d'ailleurs, elle avait accroché sur certains murs une belle collection de tissages anciens et rares, car elle était passionnée d'objets faits à la main. On pouvait les admirer dans le couloir et la montée d'escalier qui desservait les chambres du premier étage.

La jeune visiteuse y jeta un coup d'œil de loin, suivant la Cousine qui la guidait vers la pièce de droite, très proche de la porte d'entrée. En Feng Shui, cette zone de l'habitation se nomme l'Aide Extérieure. Située dans l'angle le plus à droite du plan général, elle correspond au réseau relationnel et amical. Elle favorise la communication, les contacts, les voyages et les aides possibles. C'était l'endroit où l'entretien allait se dérouler. Cette pièce, ancienne salle à manger, avait été le lieu de mémorables dîners. L'aménagement était étonnant, en accord avec la personnalité atypique de la Cousine. Une immense table marquetée trônait au milieu de l'espace sous le panache d'un magnifique lustre en cristal. Les murs habillés de boiseries étaient peints de deux tons. Le coloris aubergine rehaussé de moulures mordorées créait une atmosphère surprenante, baroque et mystérieuse. Une collection de bougies blanches de toutes tailles ornait une longue desserte orientale laquée en rouge et noir.

À proximité de l'entrée, une large fenêtre en saillie apportait la lumière chaleureuse et apaisante du sud-ouest. Là, un joli guéridon aux formes courbes accompagné de deux petites chauffeuses en velours grenat incitait à s'installer tranquillement. Une carafe remplie d'eau avec un brin de menthe et deux verres sur pied attendait les deux femmes. À proximité, posée sur une sellette en bois doré, une statuette de Mère Marie vêtue de bleu et d'or veillait avec tendresse sur ce coin de pièce. De plus, le délicat parfum de rose et de vanille flottant dans l'espace ajoutait une note romantique et sereine.

« Venez vous asseoir ici, murmura d'une voix douce la Cousine à sa jeune visiteuse, nous allons être tranquilles pour parler de ce qui vous préoccupe. Vous m'avez émue quand vous m'avez téléphoné la semaine dernière.

Je n'ouvre pas ma porte à tout le monde, vous savez. J'ai besoin de calme et de repos pour ménager ma santé qui est fragile. » Tout en parlant, elle tendit un verre d'eau à la jeune femme qui le but à petites gorgées, assise sur le bord de la chauffeuse.

Apaisée par l'effet de l'eau, et prenant une grande respiration, la jeune femme raconta à la Cousine d'une voix troublée, sa préoccupation du moment. Elle était à un tournant de sa vie. Elle devait reprendre la suite de l'hôtel de ses parents et elle n'était plus sûre que cela soit bon pour elle. Elle avait toujours vécu dans cet établissement de bonne réputation qu'enfant elle adorait. Elle avait fait des études de gestion pour reprendre la succession, stimulée par sa famille qui était ravie de sa décision. L'hôtel avait été créé par ses arrière-grands-parents et dirigé depuis par les descendants. Ses parents prévoyant de se retirer progressivement de la direction, elle ne se sentait plus si motivée que cela et se posait des questions sur l'engagement qu'elle envisageait.

« Depuis combien de temps avez-vous commencé à douter de votre décision ? » demanda la Cousine, en fronçant les sourcils et ouvrant en même temps un tiroir dissimulé sous le guéridon pour en sortir un petit paquet enveloppé de velours noir. La visiteuse lui révéla que ses doutes étaient venus suite à une série de cauchemars qu'elle avait depuis quelques semaines. Ils avaient commencé quand sa mère lui avait dévoilé l'existence d'une petite pièce secrète attenante au bureau de direction.

Cette pièce aménagée avec de nombreux rangements permettait de mettre en sécurité des documents confidentiels, de l'argent et des bijoux de valeur. Elle datait de la construction de l'hôtel et l'accès était intégré dans les rayonnages d'une bibliothèque en bois installée dans le bureau.

« Cet espace a été bien utile pendant les années de guerre, avait évoqué sa mère, sans donner plus de détails. Je te dévoile maintenant son existence, car tu vas bientôt nous succéder et tu en auras besoin. » La nuit qui suivit cette révélation fut celle du premier cauchemar. La jeune femme avait rêvé du bureau de ses parents et de cette pièce, se voyant enfermée, étouffant sans pouvoir trouver de sortie. Elle s'était réveillée en sueur, angoissée, tremblante et avait eu du mal à se rendormir.

Ce cauchemar revenait régulièrement depuis avec la même intensité et cela l'épuisait. C'est pourquoi la jeune femme en avait parlé à sa meilleure amie qui connaissait le talent intuitif de la Cousine qui tirait les cartes et avait aussi des visions. La Cousine lui sourit en entendant cela et déplia le tissu de velours qui protégeait un jeu de Tarot usagé.

« Installez-vous confortablement dans la chauffeuse, respirez profondément et fermez les yeux. Et surtout, détendez-vous, mademoiselle », dit-elle à sa visiteuse. « Je vais me mettre en connexion avec vous, avant de procéder au tirage des cartes. » Puis la Cousine ferma les yeux, inspira et expira lentement plusieurs fois. Après quelques instants de silence, ouvrant ses paupières fardées, elle prit les cartes pour les mélanger et les étala, face cachée, en forme d'éventail sur le guéridon. D'une voix paisible, elle invita la jeune femme à ouvrir elle aussi les yeux et à choisir une carte dans le jeu. La visiteuse en prit une, placée au centre, sans hésiter et la tendit à la Cousine, en indiquant que c'était la première fois qu'elle faisait cela.

« Vous avez tiré la carte de la Maison Dieu, s'exclama celle-ci, cette carte indique là où vous en êtes aujourd'hui. Elle symbolise une ouverture, une libération, la révélation d'un secret. Vous avez bien fait de venir me voir. Nous allons découvrir ce que la suite du tirage va préciser ».

Avec conviction, elle lui demanda de choisir sept cartes et de les lui donner face cachée, au fur et à mesure, sans réfléchir. La jeune femme s'exécuta de bon cœur et la Cousine les retourna une par une. « En effet, les cartes confirment que vous êtes bien fatiguée en ce moment. Ce secret révélé libère de nouvelles forces en vous et touche votre histoire transgénérationnelle. Une autre voie professionnelle pourrait être envisagée. Est-ce le cas ? Je vois que vous pouvez bénéficier de l'aide d'une femme blonde. Elle est jeune. Est-ce quelqu'un de votre entourage ? »

La jeune consultante réfléchit quelques instants, puis évoqua sa meilleure amie qui connaissait déjà la Cousine.

« Bon, très bien, répondit celle-ci, continuons le tirage des cartes pour approfondir ce sujet. Je vous vois entourée de notes lumineuses qui s'animent sur une portée, pratiquez-vous un art musical ? » La jeune femme révéla qu'elle prenait des cours de chant depuis plusieurs années, passion qu'elle partageait avec son amie blonde. « Elle chantait aussi parfois dans une chorale, de manière irrégulière, faute de temps. »

Le deuxième tirage des cartes dévoila que la pratique du chant pouvait devenir une activité professionnelle et qu'un secret de famille serait dévoilé prochainement.

« Vous voyez ces cartes : L'étoile et la Renommée ? indiqua la Cousine en tapotant de son index les deux visuels colorés. Placées ainsi, elles indiquent un beau potentiel de succès dans ce domaine. Y avez-vous déjà songé ? »

Déroutée par cette information, la jeune femme resta silencieuse. Un monde nouveau venait d'apparaître au cœur de son cœur. Elle pensait : « Chanter, oui, bien sûr, avec joie et délice ! Mais en faire sa profession ? » Le défi lui paraissait énorme, presque impossible à dépasser. Pourtant, la délicieuse sensation de picotements ressentie dans tout son corps l'incitait à écouter et à valider ce message. Au fond d'elle-même, elle s'avoua que cette idée l'avait déjà effleurée. Elle l'avait éloignée de suite, effrayée par le changement que cela représentait, avec la peur de ce que son entourage aurait pu dire. En effet, on comptait sur elle : ses parents, ses collaborateurs et quelques fidèles clients qui l'avaient déjà félicitée pour la reprise prochaine de l'hôtel. Mais maintenant, elle prenait conscience que son choix était de miser sur elle, sur son envie profonde.

La consultation était terminée. La Cousine précisa que son tarif était selon ce que chacun pouvait donner. La tête dans les nuages, les yeux brillants de vitalité, avec un large sourire de gratitude envers son hôtesse, la jeune femme déposa quelques billets sur le guéridon. Puis, elle se leva de son siège avec légèreté, résolue dans son cœur à initier la métamorphose qu'elle souhaitait. Cela commencerait certainement par un déménagement pour quitter l'hôtel familial où elle vivait. Sur le perron de la maison, en la raccompagnant, la Cousine l'encouragea à avoir confiance en son ressenti et lui demanda de la tenir au courant de l'évolution de sa situation. Elle aimait bien savoir si les cartes et ses visions parlaient avec justesse.

Puis, la visiteuse partie, elle retourna dans la salle à manger et rangea les cartes dans le petit tiroir du guéridon. Elle appréciait l'aménagement de ce petit coin réconfortant pour ses hôtes et aussi pour elle-même. Elle jeta un regard bienveillant vers la statue de Mère Marie, lui adressa à voix haute des paroles de gratitude tout en allumant une bougie pour la remercier de son aide. À chaque fois, les informations révélées aux personnes venant en consultation étaient pertinentes et contribuaient à l'amélioration de leur situation.

Ces rencontres nourrissaient le cœur délicat de la Cousine, immense par sa bonté et sa compassion. L'aide qu'elle apportait aux autres donnait du sens à sa vie et la reliait avec grâce à un univers intérieur rempli de paix et d'harmonie.

Vous : Quelle pièce se situe dans la zone Aide extérieure de votre habitat ? Quelle décoration y avez-vous ? Avez-vous un réseau relationnel bienveillant ?

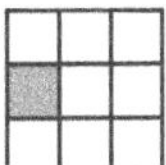

La salle de bain
Les grands-parents – la santé – les acquis

La Grand-mère appela son époux : « Mon petit, viens préparer le pamplemousse que nous allons manger en entrée ce midi. Nous allons bientôt passer à table et j'ai besoin de ton aide. » Le Grand-père, portant près de 8 décennies sur les épaules, s'extirpa du confortable fauteuil où il s'était installé pour lire le journal quotidien. Il se dirigea avec lenteur vers la cuisine où sa femme l'attendait. Son épouse demandait et il s'exécutait avec grâce, sans dire mot. « Le pamplemousse, c'est bon pour la santé », rappela la femme âgée esquissant un petit sourire en coin. « À nos âges, il est bon de faire le plein de vitamines, n'est-ce pas ? » Le vieil homme hocha la tête, en clignant des yeux. Il avait pris l'habitude d'acquiescer aux paroles de son épouse, sachant qu'il était inutile d'affirmer le contraire.

Fort de 60 ans de vie conjugale et d'expériences riches et variées dans les colonies en Afrique, aux Caraïbes et à Madagascar, il connaissait bien le tempérament de sa femme. Avec courage et foi, ils avaient traversé les turpitudes d'une guerre mondiale en étant séparés pendant

6 ans. Après cette période difficile, l'engagement militaire du grand-père les avait conduits ensuite à vivre dans des lieux rudes et passionnants, au service de la patrie. Enfin, à l'âge de la retraite, ils s'étaient installés dans un paisible pavillon agrémenté d'un petit jardin où ils vivaient modestement.

À presque 80 ans, ils étaient encore alertes, ouverts à leur entourage et à l'évolution de la vie dite moderne. Ils recevaient leurs voisines pour des parties de cartes endiablées et leurs trois petits enfants adoraient passer des moments chez eux. Pourtant, leur vie familiale n'avait pas toujours été facile. Un unique enfant était venu sceller leur union, un second n'ayant pas survécu à une maladie enfantine. La Grand-mère l'évoquait de temps en temps, car son grand regret était de ne pas avoir eu plus d'enfants.

Proches de leurs propres parents, ils s'étaient un peu oubliés en investissant beaucoup de temps pour les accompagner dans leur fin de vie. Par loyauté familiale, ils s'étaient engagés à ne jamais vendre la petite propriété bretonne où avaient vécu, du côté du grand-père, les précédentes générations. Après la succession, les grands- parents avaient décidé d'y passer quelques moments de vacances, sans réellement entretenir les bâtis et les toitures qui se dégradaient petit à petit. Ils préféraient faire de grands voyages et gâter leur fils et sa petite famille.

Le petit pavillon qu'ils louaient à un bailleur social était fonctionnel et situé près du lieu de vie de leur descendance. Composé de trois pièces, assez lumineux, les volumes étaient agréables à vivre. Seule la salle de bain, sombre avec l'éclairage unique d'une petite fenêtre située en hauteur, n'était pas conviviale. Orientée au nord, la pièce recevait cette lumière froide qui n'incite pas à se détendre et à y passer du temps. De plus, l'agencement du mobilier et des sanitaires laissait à désirer. Les toilettes placées à proximité de la baignoire étaient gênantes. En effet, avec les notions du Feng Shui, cet élément est incongru dans un espace dédié aux soins du corps. L'attention apportée à la détente et à l'hygiène n'a rien à faire avec celle bien différente liée aux toilettes.

Selon le plan du pavillon, cette pièce située dans la zone Feng Shui de la santé, des acquis et du passé, indiquait que ces domaines de vie étaient à reconsidérer. Le blanc dominant du carrelage placé sur les murs et au sol augmentait l'impression de froid dans cette pièce. La sensation d'humidité, des traces de moisissures complétaient le décor. Pourtant, la Grand- mère, accompagnée d'une aide à domicile, une jeune femme enjouée et dynamique, l'entretenait du mieux possible. Néanmoins une odeur désagréable persistait depuis des années.

Un matin, le Grand-père ne put se lever à l'heure habituelle. Il avait pris froid la veille, restant tardivement dans le jardin. Il toussait et se sentait fiévreux et oppressé. Inquiète, la Grand-mère prévint le docteur qui, venu rapidement, constata un début de bronchite. Il préconisa du repos avec quelques médicaments appropriés et remarqua aussi l'odeur d'humidité qui flottait au-delà de la salle de bains. « Ce n'est pas bon pour votre santé, dit-il à la grand-mère, vous devriez faire quelque chose. » Celle-ci lui répondit que l'aération posait des problèmes, la fenêtre étant haute et peu accessible, vu son âge. La ventilation était en panne depuis des mois, et bien que prévenu, le bailleur ne réagissait pas pour faire les réparations. Le docteur parti, la Grand-mère, sensible aux remèdes naturels, compléta les soins à son époux avec des applications de cataplasme dont elle avait le secret. Elle avait tellement vécu dans des pays où le mot « docteur » était inconnu qu'elle savait se débrouiller autrement.

Le lendemain, elle parla de l'état de son mari toujours alité à sa jeune aide-ménagère venue s'occuper de la maison. Celle-ci, sensible au bien-être des personnes qu'elle accompagnait, était fan de rangement, d'organisation, d'habitat sain et connaissait un peu le Feng Shui. Elle déclara spontanément : « Votre salle de bain, je vous dis qu'il y a un problème depuis longtemps, bien avant la panne de ventilation ! Elle sent pas bon. L'humidité, oui, c'est sûr, mais il y a autre chose ! En plus, avec ce que je connais du Feng Shui, c'est dans votre zone santé et vitalité ! Et voilà que Monsieur est malade maintenant ! Faut faire quelque chose, c'est sûr ! » La Grand-mère, curieuse de nouveauté, l'interrogea sur ce fameux Feng Shui. La jeune femme lui confia quelques conseils simples à mettre en place : « Fermez toujours le battant des toilettes, les bondes des sanitaires et la porte de cette pièce. Vous savez, je le fais à chaque fois après le ménage et je les retrouve toujours ouverts. C'est une symbolique descendante et en plus, cela facilite les mauvaises odeurs. »

La Grand-mère hocha la tête, d'un air dubitatif. Elle lui répondit qu'elle allait y réfléchir, car elle avait du mal à y croire. Elle voyait pas ce qu'elle pouvait améliorer en tant que locataire dans cette salle de bain. La jeune aide n'insista pas, elle connaissait la vieille femme qui avait besoin de temps pour prendre ses décisions. Pourtant, quelques jours plus tard, revenue pour faire le ménage, elle ne dit rien quand elle constata que ses conseils étaient appliqués. La Grand-mère n'en reparlait pas et la jeune femme n'aborda pas le sujet.

Le Grand- père mit deux bonnes semaines à se rétablir. C'était la première fois de sa vie que son organisme mettait autant de temps pour retrouver sa vitalité. Il avoua à son épouse que l'odeur de la salle de bains le dérangeait parfois jusque dans son lit. Et il avait remarqué que l'odeur s'était atténuée ces derniers temps. Avec prudence, il dit à son épouse, heureuse de le voir debout : « J'ai eu le temps de réfléchir à l'amélioration de notre cadre de vie. Et je souhaite donc me séparer de la propriété bretonne qui se dégrade de plus en plus. Cela fait 2 ans que nous n'y sommes pas retournés. Je n'ose pas imaginer dans quel état doit être la maison de mes ancêtres. Nous devrions la vendre et avec l'argent, investir dans une habitation vraiment à nous, que nous n'avons jamais eue. Qu'en penses-tu ? »

La Grand-mère écarquilla les yeux, stupéfaite de la décision de son époux. Il avait juré sur le lit de mort de sa mère de ne jamais céder la propriété familiale, tout en sachant que leur fils unique n'aimait pas cet endroit et ne souhaitait pas s'y investir. « La bronchite lui aurait-elle retourné le cerveau ? » se demanda la Grand-mère en réfléchissant. Elle prenait toujours ses décisions avec le temps d'une bonne réflexion.

Aussi, elle hocha la tête doucement et répondit qu'elle allait y penser sérieusement. Elle savait que son mari avait besoin de son avis pour mettre en action cette idée. Après tout, pourquoi pas ? À un âge où beaucoup de gens n'osaient plus avoir de projets, elle se sentait rajeunir en pensant avoir une habitation vraiment à elle, décorée à son goût. Elle prenait conscience peu à peu du lien que l'on pouvait avoir entre soi et son habitat. La Grand-mère n'avait jamais vraiment vécu dans un logement personnalisé. Leur vie de famille dans une caserne, puis dans différents logements de fonction attribués à la va-vite, sans âme et parfois inconfortables, avait été leur univers pendant des décennies.

Quelques jours après cet échange, comme par hasard, la ventilation fut enfin réparée. La Grand-mère avait eu envie d'ajouter un peu de couleur et de gaieté dans la salle de bain. Ainsi, elle avait accroché trois illustrations botaniques sur le seul mur sans carrelage et acheté des serviettes avec un tapis de bain dans des coloris turquoise et verts. Elle avait aussi trié et rangé dans une boîte en bois décorée de motifs fleuris les médicaments qui étaient visibles sur une étagère. En plus, les Grands- parents fermaient maintenant avec soin les arrivées des évacuations. Ainsi, la salle de bain, symbolisant leur passé, sentait meilleur. Un certain apaisement dans le couple était plus présent. L'aide-ménagère le remarqua et l'évoqua pour le plus grand plaisir des Grands- parents. Stimulés, ils prirent d'un commun accord la décision de vendre la propriété en Bretagne, comme s'ils tournaient une page figée de leur histoire. Cette opération prit du temps, ils devaient trouver une agence immobilière pour la vente et organiser plusieurs séjours là-bas pour trier et libérer le mobilier resté en place.

Ce fut une étape fatigante de plusieurs mois pour lâcher peu à peu les souvenirs et les liens qui les retenaient sur ce lieu. En particulier, celui douloureux, de la perte de leur second enfant décédé dans sa deuxième année lors d'un séjour hivernal. Une scarlatine foudroyante l'avait emporté en peu de temps.

Leur fils les accompagna du mieux possible pour les aider à choisir les objets qu'ils désiraient garder, donner ou vendre. Il était ravi de leur décision, il savait au fond de lui que les Grands- parents trouveraient une petite maison selon leurs goûts, proche de chez lui et de leurs amis.

Vous : Quelle pièce se situe dans la zone Santé/Acquis de votre habitat ? Quelle décoration y avez-vous ? Êtes-vous en forme ? Êtes-vous en paix avec l'histoire de vos ascendants ?

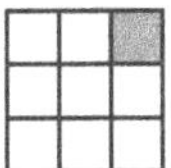

La chambre
Les parents – l’amour

« C’était une soirée d’été, la fête prenait de l’ampleur. La danse des lampions multicolores éclairait le ciel étoilé de la terrasse d’un grand appartement. Elle avait failli ne pas sortir ce soir-là, car sa tristesse était infinie. Son premier amour venait de s’achever après quelques années de distance géographique. Elle avait été invitée par un ami musicien qui disposait d’un vaste appartement familial, ses parents séjournant principalement à l’étranger.

Accoudée au garde-corps de la terrasse, elle contemplait la beauté des lumières de la grande ville, en dégustant un cocktail consolateur. Âgée de plus de 20 ans, elle songeait à son avenir incertain. La musique et le dessin lui apportaient joie et inspiration. Mais qu’allait-elle en faire ?

Lui, arriva plus tard, accompagné de quelques filles qui riaient en se trémoussant. Très vite, il les laissa se déhancher sur la piste de danse. Il préférait aller boire tranquillement une bière et fumer une cigarette sur la terrasse. Son humeur était à la réflexion, car il avait envie d'autre chose. Les proches voisins, prévenus auparavant, avaient déserté l'immeuble et tout semblait possible. La fête battait son plein au cœur de la nuit. Sur la terrasse, il la vit et ressentit en un instant que quelque chose venait de changer. »

« Voilà ma chère, c'est ainsi que j'ai rencontré mon compagnon, évoqua la jeune trentenaire aux cheveux de jais à sa confidente plus âgée, assise en face d'elle. Tu comprends combien je suis touchée par ce que nous vivons depuis si longtemps. » Elle s'interrompit. Le serveur de la brasserie où les deux femmes étaient installées arrivait pour servir les boissons qu'elles avaient commandées. L'amie lui sourit avec un air compatissant. Elles se connaissaient depuis quelques mois, ayant sympathisé en partageant le même cours de Pilates. Les deux femmes avaient décidé de partager un café pour échanger d'une manière plus intime. La première évoquait avec tristesse ses problèmes de fécondité. Cela perturbait son couple et son compagnon semblait de plus en plus distant. La seconde parlait de sa vie de célibataire et de sa difficulté à trouver l'harmonie avec un compagnon.

Sans aucune raison, elle ne tombait pas enceinte après 10 ans de vie commune. Et elle espérait encore que cet évènement heureux puisse arriver.

À la recherche d'idées pour le projet d'acquisition d'un futur espace, elle avait découvert la science subtile des énergies circulant dans l'habitation en feuilletant quelques livres à la librairie du coin. La jeune femme et son compagnon vivaient dans un petit deux-pièces au rez-de-chaussée d'un immeuble moderne. Ils espéraient l'arrivée d'un bébé pour trouver un autre logement. Mais après plus de dix ans de patience, ils avaient décidé de vivre dans un endroit plus grand et plus lumineux dans ce quartier qu'ils appréciaient. Disposant de belles économies, ils choisirent d'acquérir un appartement dans un immeuble ancien plein de charme. Celui-ci, situé au 3° étage, était traversant, clair et disposait de trois chambres. Dans ce nouvel appartement, ils avaient décidé de réorganiser l'espace selon les zones du Feng Shui.

Elle avait lu que pour mieux se ressourcer, les pièces à aménager en priorité étaient l'entrée, la cuisine et la chambre parentale. La chambre des parents était essentielle à l'harmonie d'un couple et devait être décorée en pensant intimité et équilibre du féminin et du masculin. Les Parents étaient ravis de l'acquisition de leur nouvel habitat. La chambre qu'ils avaient choisie pour leur couple était située dans la zone Feng Shui Amour du logement. Ils savaient que cela ne pouvait être que favorable au renouveau de leur engagement à deux.

En effet, avant de quitter leur ancien deux-pièces, épuisés par les multiples tentatives de conception assistée et très occupés par leurs activités, les Parents avaient failli se séparer. Pour lui, l'attirance soudaine qu'il avait ressentie envers une collègue sur son lieu de travail avait déclenché une remise en question de leur couple. Que désirait-il vraiment dans une relation à deux ? Cette attirance soudaine pour une autre femme fut le point de départ d'un échange authentique avec sa compagne.

Elle accueillit la situation en prenant du recul, réfléchissant elle aussi à ce qu'elle désirait dans son couple. Un long week-end passé ensemble hors de leur quotidien permit aux Parents de prendre le temps de partager leur vision respective à propos de l'énergie de l'Amour. Ce moment de recentrage leur fut bénéfique. Ils se rendirent compte qu'ils avaient la même perception. Les valeurs d'écoute, de soutien et de sincérité mutuelle pour vivre sereinement cette merveilleuse force les réunissaient. Bien sûr, il y avait le risque de situations inconfortables où leur l'ego prendrait le dessus, mais l'envie de continuer à tester leur foi en eux, en leur couple, était plus forte. Le retour dans leur quartier fut magique. Les Parents se sentaient portés par le renouveau de leur amour réciproque. Ils aménagèrent donc leur emploi du temps pour se réserver un moment hebdomadaire à eux deux.

L'installation dans le nouvel appartement ponctua de joie leur nouvelle organisation. Ils choisirent ensemble la décoration de leur chambre qui recevait la lumière de l'Ouest. En Feng Shui, la lumière douce et chaleureuse de cette direction favorise la détente et l'intimité. L'atmosphère de douceur fut stimulée avec une palette colorée de beiges rosés. Un papier peint au thème naturaliste, imprimé dans une harmonie turquoise et rose pâle, souligna la tête de lit en lin clair. Le joli parquet ancien en chêne fut remis à neuf et agrémenté de chaque côté du lit, de deux tapis beiges en tissage de coton et de lin.

Les parents avaient lu dans le livre à propos du Feng Shui que la puissance du couple pouvait être valorisée avec des symboliques décoratives évoquant le duo. Ainsi, avoir deux chevets identiques, deux lampes de même taille et des objets décoratifs associés par deux, était favorable pour l'équilibre de la relation. Ils se mirent d'accord pour placer dans la zone Feng Shui « Projet » de leur chambre, une petite étagère en bois clair avec deux oiseaux en porcelaine, peints dans un style oriental. Ils placèrent à côté un bel œuf en jade symbolisant la fertilité.

Une paire de rideaux en lin turquoise et une multitude de coussins assortis achevèrent avec raffinement la décoration amoureuse de leur espace. Ce fut la première pièce de l'appartement remise à neuf. Les Parents avaient décidé d'accorder la priorité à l'espace de vie dédié à l'intimité de leur couple. Tant pis pour les réceptions avec leurs amis dans le salon défraîchi. Ceux-ci étaient étonnés de leur choix, car, en général, le séjour est la première pièce que l'on souhaite refaire dans un nouvel habitat à relooker. La rénovation de cette pièce viendrait donc plus tard.

La chambre fut leur lieu de ressourcement, de confidences et aussi de nuits passionnées. Parfois, pour s'amuser ou fêter un moment particulier, les Parents ajoutaient une touche de rouge, jouant la carte de la passion. Un voilage rouge posé sur un abat-jour, de la lingerie fine, une nuisette sexy dans des tons de rouge stimulaient leurs sens et pimentaient leur relation. En quelques semaines, ils se sentirent vraiment épanouis dans leur appartement, même si des travaux restaient à faire pour qu'il soit vraiment aménagé selon leurs goûts.

Les amis et la famille remarquèrent que le couple paraissait plus enjoué et détendu depuis leur nouvelle installation. Un semestre passa à la vitesse d'un éclair avec l'envie pérenne de continuer la rénovation.

« Il y a un salon sur l'habitat, ce serait bien d'aller voir quelles sont les nouvelles tendances décoratives et les revêtements, proposa-t-elle en souriant à son compagnon, j'ai besoin de découvrir avec toi de nouvelles idées pour continuer la décoration de notre appartement. Tu es partant ? » Il acquiesça avec joie, car il souhaitait que le renouveau de leur espace de vie reprenne son avancée. Main dans la main, ils parcoururent les allées du salon où de petits stands présentaient les dernières nouveautés en matière de peinture, de mobilier, de luminaires et de revêtements décoratifs.

Une zone assise, ouverte à tous, proposait des conférences sur différents thèmes de l'habitat. « Regarde, dit-elle, il y a bientôt une conférence avec l'architecte Duncan Lewis, dont nous a parlé l'autre soir ton frère. Cela a l'air passionnant, cette idée d'architecture green où les arbres et la végétation font partie de la structure. On va l'écouter ? » Les Parents s'installèrent au fond de l'espace presque vide, ils avaient un peu d'avance sur l'horaire. Peu à peu la salle fut remplie et ils virent arriver sur l'estrade, un micro à la main, un petit homme rond aux cheveux grisonnants. Avec un fort accent écossais et beaucoup d'humour, l'architecte expliqua sa démarche atypique de conception liée à la nature et aux arbres.

Il ne comprenait pas l'urbanisme galopant qui défigurait peu à peu les villes de province, où l'absence de végétal amplifiait le stress latent de la ville. Avec un air malicieux, il déclara qu'un habitat bien conçu était un habitat où l'on faisait des bébés. Les Parents, émus par ce discours, se regardèrent avec complicité et tendresse. Elle essuya furtivement une larme qui perlait au bord d'une de ses paupières.

En effet, la veille du salon, ils venaient d'apprendre avec gratitude qu'un bébé s'annonçait. Ils avaient décidé de rien dire à leurs proches tant que le premier trimestre de grossesse n'était pas achevé. Ils voulaient profiter de ce bonheur à deux, être sûrs que le fœtus était viable avant de l'annoncer à tous ouvertement.

Le salon leur apporta plein d'idées pour l'aménagement futur de leur séjour et les Parents repartirent chez eux, le cœur en fête. Les mois suivants confirmèrent la venue du bébé. Cet évènement porta les Parents dans un état d'être propice à soulever des montagnes. Ils se sentaient tellement comblés après des années de patience, de doutes et de peurs. La force de leur amour avait pris une nouvelle dimension, visible dans l'aménagement de leur chambre. Elle se concrétisait avec l'arrivée de leur premier enfant.

Alors, les Parents modifièrent le plan prévu pour la suite de la rénovation : l'étape suivante serait l'aménagement de la chambre de l'enfant à venir. Le séjour attendrait encore un peu !

Vous : Quelle pièce se situe dans la zone Amour de votre habitat ? Quelle décoration y avez-vous ? Avez-vous une relation de couple satisfaisante ?

Recherchez-vous un compagnon ou une compagne ?

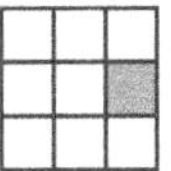

La chambre – l'enfant – la créativité

Curieuse, l'Enfant ouvrit la porte située au fond du long couloir. Elle découvrait pour la première fois l'espace qui allait devenir la chambre qu'elle allait partager avec son petit frère.

En effet, sa maman venait de trouver un nouveau logement dans un immeuble récent. Sa famille avait traversé une période douloureuse. Dans l'urgence, l'Enfant avait atterri avec son frère et sa mère chez la grand-mère maternelle, une femme autoritaire qui vivait dans une autre région et qu'elle connaissait peu. Ils avaient quitté soudainement la maison familiale où ils habitaient avec leur père, fuyant une situation conflictuelle qui durait depuis trop longtemps.

La grand-mère, en ronchonnant, avait accepté de les loger pour un temps déterminé de quelques semaines. L'Enfant âgée de 8 ans et son jeune frère, un petit bonhomme de 4 ans, ne se sentaient pas à l'aise dans la pièce exiguë sous les toits où ils dormaient. La vieille femme avait attribué à contrecœur cet espace pour ses petits-enfants. Elle l'utilisait pourtant peu et y stockait du bric-à-brac et de vieux meubles endormis. La maman dormait sur le canapé dans le salon défraîchi et consacrait son temps libre à trouver un nouveau logement. Elle désirait quitter au plus vite l'atmosphère lourde de la triste petite maison de son enfance.

Le délai du séjour fut vite dépassé ; trouver un logement n'était pas facile dans cette région. La grand-mère s'impatientait. La tension montait entre les deux femmes et les mots entre elles étaient sans tendresse. Les enfants se faisaient discrets, redoutant l'ambiance de violence contenue, mais palpable.

Après trois mois de cohabitation, la grand-mère fixa un ultimatum pour qu'ils quittent la maison. Elle ne supportait plus que sa fille et ses petits-enfants séjournent chez elle. Le rythme scolaire, les jeux, les chahuts et les rires l'insupportaient. Elle voulait retrouver au plus vite son quotidien bien organisé et sa tranquillité.

La mère, stressée par ce contexte, gardait malgré tout confiance et multipliait les contacts extérieurs. Finalement, une cousine éloignée lui signala qu'une de ses amies louait un appartement dans un quartier proche du centre-ville, les locataires ayant donné leurs congés. En deux semaines, cette piste libéra la Fillette et sa famille de la pénible situation. Et elle jura dans son for intérieur qu'elle ne reverrait pas de sitôt sa grand-mère.

Découvrant le nouveau logement, l'Enfant sauta de joie. La grande pièce blanche qui devenait sa chambre était lumineuse et agréable. Les deux fenêtres orientées, l'une au sud et l'autre à l'est, suscitaient la joie de vivre et la confiance en soi. « Tu pourrais avoir de la couleur sur un ou deux murs, suggéra la maman, la propriétaire est d'accord. Ce serait bien d'avoir un coloris pour toi et un autre pour le coin de ton frère. Qu'en penses-tu ? »

L'Enfant sourit, heureuse, et embrassa la main de sa mère pour la remercier. « Oh oui, c'est une bonne idée, maman. Elle me plaît bien ! Je pourrais aussi coller des stickers, des posters et des dessins que j'ai faits à l'école. La maîtresse a dit que mon dernier dessin avec les licornes était magnifique et elle l'a affiché dans la classe ! » répondit-elle en sautillant sur place.

La petite fille avait beaucoup d'imagination. Ses rêveries la conduisaient dans des visions de pays imaginaires où les arbres, les plantes et les animaux se parlaient sous l'œil bienveillant de fées joyeuses et de licornes. Son esprit s'envolait ainsi vers une autre réalité qui fortifiait son amour de la vie. Cette réalité-là nourrissait son âme et lui avait donné l'énergie nécessaire pour supporter l'ambiance familiale anxiogène présente depuis sa petite enfance.

Ainsi, l'Enfant avait su protéger du mieux possible son petit frère en l'amusant quand la tension relationnelle entre leurs parents était trop forte.

L'emménagement fut simple et joyeux. La famille possédait peu de meubles. Heureusement, l'appartement disposait déjà d'une cuisine équipée et de grands placards. Heureuse de retrouver sa tranquillité, la grand-mère leur prêta une table et un petit buffet qui dormaient dans le grenier où elle avait installé ses petits-enfants. Une visite au dépôt-vente voisin favorisa la trouvaille d'un lit superposé en bois blanc qui pouvait se dédoubler en deux couchages. Un pupitre d'écolier et une petite table carrée à repeindre furent adoptés par l'Enfant et par son petit frère pour en faire un bureau et une table de jeu.

L'installation ressemblait à un grand jeu créatif où l'Enfant et sa famille cherchaient les meilleurs éléments pour réussir un aménagement plaisant et insolite. La fillette était ravie de s'investir dans son nouvel espace. Elle put choisir, sous l'œil bienveillant de sa maman, le mobilier qui lui plaisait. Sa chambre partagée se situait, selon la configuration de l'appartement, dans la zone Feng Shui de la Créativité et des Enfants. C'est une zone favorable pour y placer une chambre d'enfants. Ils peuvent sentir intuitivement que ce positionnement les aide à avoir plus de confiance en eux et en leurs rêves. Cette zone est aussi en lien avec les projets et les objectifs que la famille désire réaliser.

Le Feng Shui recommande que les enfants, à partir de 6 ans, choisissent la décoration de leur chambre sous le regard avisé des parents. Cette pièce reliée à leur personnalité peut les aider à développer une meilleure relation avec eux-mêmes et avec les autres. Une nouvelle énergie animait la petite famille et l'Enfant, très sensible, en avait conscience. Dès l'arrivée dans leur nouveau logement, sa mère souriait plus souvent. Son petit frère devenu plus joyeux était excité à l'idée de pouvoir inviter prochainement des copains. Sa vie dans l'appartement était tellement plus agréable.

« J'ai envie d'un mur peint en jaune ou en rose pour mon coin bureau, déclara-t-elle à sa mère après quelques semaines d'installation. J'aime bien ces couleurs, maman. Avant, chez nous, j'avais du bleu. C'est papa qui l'avait peint et je n'aime pas trop le bleu. Et en haut des murs, je pourrais aussi coller des étoiles dorées pour faire plus joli ! » ajouta-t-elle en inclinant sa tête pour l'attendrir. Son petit frère renchérit : « Bé moi, je veux du bleu avec des posters de chevalier et de drapeaux. Z'aime bien les chevaliers, moi ! » Leur mère sourit largement en hochant la tête pour signifier qu'elle était d'accord. Elle était si contente de voir que ses enfants proposaient de nouvelles idées. Dans leur ancienne maison, ils étaient très réservés et évasifs quand on leur posait des questions.

Il fut décidé d'un commun accord de repeindre la chambre lors d'un grand week-end. Deux murs resteraient blancs et chacun aurait sa couleur choisie. Finalement l'Enfant préféra placer un ton rose pâle pour le mur situé à côté de son lit et de son bureau. Avec les conseils de la cousine initiée au Feng Shui, le mobilier fut placé de façon à ce qu'elle et son petit frère puissent voir la porte de la chambre. « Ce positionnement facilite la détente », affirma la cousine, d'un air convaincant. Je l'ai testé avec mes enfants et j'en ai vu les résultats positifs. Vivant seule maintenant, elle s'était rapprochée de la petite famille.

Le week-end prévu, elle vint aussi donner un coup de main à la fillette et à sa mère pour faire les peintures de la pièce. Le petit garçon, invité chez un copain, avait dit oui au bleu pâle choisi pour lui. Le trio s'amusa beaucoup en changeant le décor. L'association de ces deux couleurs avec le blanc déjà présent apporta une ambiance très douce dans la grande chambre. Les tons rose et bleu pâle ajoutaient des reflets colorés sur les murs restés blancs. Ils créaient un bain de sérénité dont la fratrie avait vraiment besoin.

L'Enfant s'amusa ensuite à coller des étoiles dorées à mi-hauteur de son mur. Le doré traduisait son envie de briller, de rayonner et de s'épanouir pleinement. Ella accrocha aussi un dessin qu'elle aimait beaucoup, représentant des papillons voletants autour d'une licorne pailletée, rose et or.

Un tapis moelleux en coton gris perle et des coussins aux motifs multicolores furent installés autour de la petite table de jeu. Repeinte en ocre jaune, elle réchauffait le mur bleuté. La petite fille entendit la cousine dire à sa maman : « Un tapis favorise l'envie de se poser, de jouer et de rester tranquille. Tu verras, ce sera bien pour l'espace de jeux de ton petit dernier. J'ai remarqué qu'il est d'une nature anxieuse. Parfois il ne tient pas en place. Cela ne doit pas être toujours facile pour ta grande fille quand elle fait ses devoirs. »

L'Enfant ne dit rien, mais apprécia l'attention que cette femme lui portait. Décidément son monde changeait en mieux.

Depuis longtemps, elle et sa famille souhaitaient passer quelques jours au bord de la mer. Mais les derniers mois vécus à quatre n'avaient pas rendu possible ce projet. Maintenant, chaque dépense comptait et ce désir leur paraissait irréalisable. La cousine proposa au trio de faire un beau collage sur une grande feuille pour représenter l'endroit où ils avaient envie d'aller. Un magnifique visuel d'océan, de plages et de coquillages fut accroché ensuite sur le mur de la chambre. Il était composé de revues découpées et assemblées et de coloriages faits avec soin par les enfants. « On appelle cela un tableau de vision. Il est possible d'activer les projets que l'on souhaite concrétiser, c'est la magie de la zone Créativité du Feng Shui ! » avait affirmé la cousine, ravie de partager son savoir. « Vous devez y croire de tout votre cœur et laisser faire ensuite la vie en gardant confiance. Vous verrez, cela fonctionne ! »

L'Enfant souriait en repensant à ce moment particulier. Sur la plage bretonne, elle dégustait avec lenteur une glace sous un parasol. Son frère jouait à côté dans le sable tiède. Un peu plus loin, sa mère échangeait en souriant avec un homme attentif à ce qu'elle disait, en les regardant avec tendresse.

Vous : Quelle pièce se situe dans la zone Créativité de votre habitat ? Quelle décoration y avez-vous ? Réalisez-vous facilement vos projets ? Quelles sont vos relations avec les enfants ?

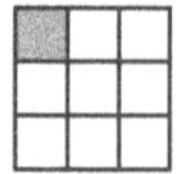

L'atelier – le cousin – l'abondance

Le sourire aux lèvres, le Cousin essuya ses mains couvertes de graisse avec le vieux chiffon décoloré sortant de la poche de sa combinaison. Il était heureux. Il venait d'achever la rénovation de la vieille automobile de collection que lui avait confiée un de ses meilleurs amis. Passionné de mécanique depuis son plus jeune âge, le Cousin avait dû abandonner son rêve d'enfant d'avoir son propre garage. Il était issu d'une famille d'industriels dans le travail du bois et n'avait pas eu le courage de refuser la direction de l'entreprise familiale. Par devoir envers ses parents, seul garçon de sa génération, il avait accepté de reprendre la société. Elle comptait près de 80 employés dans un bourg où peu d'emplois existaient.

Avec l'entreprise, il avait hérité d'une jolie maison bourgeoise familiale située à proximité. Épousant une jeune fille qui correspondait au statut social exigé par ses parents, il avait naturellement accepté les codes de bonne conduite de sa famille. Le Cousin était connu dans toute la région. On l'admirait. Les gens le saluaient avec respect en le croisant dans la rue. Exigeant envers lui-même et ses collaborateurs, il avait vécu de belles années de réussite et d'expansion professionnelle, avec une réputation d'homme autoritaire, fier et coléreux.

Deux filles étaient nées de son mariage et sa relation avec elles n'était pas facile. Peu disponible, avec ses voyages professionnels, et passionné aussi de golf, il avait laissé sa femme les éduquer comme elle souhaitait. Celle-ci, douce et conciliante, cajola beaucoup ses filles et les laissa vivre leur enfance à leur guise. En grandissant, elles supportaient de moins en moins les moments où leur père était à la maison, demandant des explications sur leurs résultats scolaires.

L'aînée, de fort tempérament, était devenue une jolie jeune fille remarquée et courtisée. Ses études devinrent aléatoires. « Tu ne travailles pas, tu fais n'importe quoi ma fille ! Tes résultats sont déplorables ! Qu'est-ce que j'ai fait au bon Dieu pour avoir une fille pareille ! » vociféra le chef d'entreprise en consultant le dernier bulletin scolaire que sa fille, stoïque, lui présentait. Il décida alors de l'envoyer dans un pensionnat chic pour jeunes filles où elle pourrait se remettre à niveau. Malgré les supplications de sa femme et les pleurs de ses filles, il fut inflexible et inscrivit son aînée dans l'établissement prévu. Situé à plus de 50 km de leur lieu de vie, il était nécessaire d'y aller par le train. La veille de la rentrée, le Cousin la conduisit avec ses bagages jusqu'à la gare la plus proche. Il s'assura du départ du train et affirma qu'il viendrait la chercher le week-end suivant.

De retour chez lui, il ne dit mot à personne. Taciturne, il alla directement dans son bureau fumer une cigarette et boire un verre d'alcool pour se détendre. Il attendait le repas que son épouse, fine cuisinière, préparait en retenant ses larmes. Ils étaient en train de dîner avec leur cadette dans la salle à manger un peu sombre, décorée d'un papier peint aux larges fleurs beiges et brunes. Un silence glaçant régnait. Les femmes se taisaient, ne parlant que pour les banalités de service. Cette pièce ouverte sur un espace salon était située dans la zone Feng Shui Abondance de la maison. L'aménagement avec le mobilier au bois sombre reçu en grande partie des ascendants était pesant. Quelques plantes vertes ajoutaient néanmoins une évocation de vitalité. Cette zone représentait l'héritage reçu, que les tons de bruns et de beiges inscrivaient dans la pérennité. Posée sur le buffet, une multitude de cadres argentés avec les photos des ancêtres illustraient la connexion forte à un passé révolu.

Soudain, la sonnerie du téléphone retentit dans le vestibule. Son épouse se leva pour répondre à l'appel. Après un instant de silence, un cri retentit : « Non, ce n'est pas possible ! Vous devez vous tromper ! » Le Cousin se leva d'un bond pour savoir ce qui se passait. Il prit le combiné des mains tremblantes de sa femme et se présenta. Au bout du fil, une voix masculine troublée les informait qu'un jeune couple venait de perdre la vie dans un accident de voiture. La jeune femme ayant sa carte d'identité dans son sac était domiciliée chez eux.

Incrédule, il répondit que sa fille était partie en train pour rejoindre son pensionnat. Qu'à cette heure-ci elle devait y être. Cela ne pouvait pas être elle, il y avait une erreur, il allait la joindre sur son portable. La voix insista pour que le Cousin et son épouse viennent reconnaître le corps dès que possible.

Le lendemain matin, toujours sans nouvelles de leur aînée, le Cousin et sa femme constatèrent avec désespoir à la morgue que c'était bien elle qui gisait là. Le choc fut terrible pour le couple. Ils ne comprenaient pas ce que leur fille faisait dans cette voiture avec un jeune homme inconnu. L'enquête révéla plus tard que la jeune fille était descendue du train à l'arrêt suivant. Son amoureux l'attendait avec une nouvelle voiture qu'il venait de recevoir de ses parents. Le jeune couple avait décidé de faire une virée avant d'aller au pensionnat. Un virage pris à trop grande vitesse avait projeté la voiture sur un platane, tuant sur le coup les deux amoureux. Le Cousin, sa femme et la cadette ne se remirent vraiment jamais de cet évènement tragique. L'atmosphère devint suffocante à la maison : l'alcool coulait à flots, les paquets de cigarettes s'achetaient par cartouche chaque semaine. Le Cousin se mura dans un silence quotidien et se réfugia corps et âme dans son bureau au sein de l'entreprise.

« Je ne suis pas d'accord pour baisser encore le prix sur notre offre, je vous ai déjà octroyé une belle remise ! » s'exclama-t- il lors d'un échange houleux avec un client. Le chef d'entreprise raccrocha le téléphone en bougonnant. Les temps changeaient. Le secteur de la transformation du bois évoluait vers d'autres pays pour des raisons économiques. Les clients se faisaient plus rares ou négociaient plus facilement les prix. Sa fille cadette partie dès sa majorité vivait désormais en couple avec un homme plus âgé. Il ne la voyait plus.

En peu d'années, son entreprise dut réduire les équipes et fonctionna de plus en plus souvent à perte. Le Cousin, fier et déterminé à tenir coûte que coûte, ne voulait pas arrêter son activité. Il misa sur ses deniers personnels pour maintenir l'entreprise à flot. Autour de lui, ses relations lui conseillaient de vendre, mais il refusait de considérer cette option. Il tint trois ans à ce rythme. Chaque année, la société perdait un peu plus d'employés et de clients. Finalement, se rendant à l'évidence qu'il était au bord de la ruine personnelle, il décida de tout lâcher. Le Cousin ferma sa société, vendit à bas prix la belle maison familiale avec la plupart des meubles et décida avec son épouse de quitter la région. Il voulait changer de vie loin de ses racines.

Enfin, il écouta la voix de son cœur en songeant à son rêve d'enfance : avoir un garage à lui. Il trouva son bonheur dans une ville à l'activité prometteuse, située au bord de l'océan. Dans cette nouvelle région, il reprit une concession automobile ayant une belle notoriété et garda l'équipe des mécaniciens et des vendeurs en place.

L'air vivifiant, l'ambiance détendue de la petite ville lui apportèrent un renouveau bienfaisant. Après quelques mois de location en appartement, il acheta une petite maison en bois située sur un joli terrain arboré. La décoration intérieure était sobre et récente, réalisée avec des matériaux authentiques et naturels. Le sol en terre cuite, les peintures biosourcées et le bois majoritaire de la structure respiraient le bien-être. Cette maisonnette disposait d'une pièce atelier avec un accès direct à l'habitation. Là, il était possible de bricoler et d'entreposer le matériel dédié à la mécanique. Le Cousin organisa cet espace avec ordre et minutie, en ajoutant un éclairage efficace et des rangements en métal adaptés à cette activité. L'atelier, situé en zone Abondance de la construction, favorisait les opportunités financières et le sentiment de plénitude autour de cette activité. L'apport de lumière, les rangements et la propreté de l'espace nourrissaient judicieusement cette zone du Feng Shui. Le Cousin ne le savait pas, il ne connaissait pas le Feng Shui à ce moment-là. Il le découvrit plus tard dans des circonstances inattendues.

Partageant son temps entre sa concession et son atelier, il prit des contacts avec une association locale de passionnés, avec le projet de rénover de vieilles automobiles de collection. Soutenu par l'ambiance motivée du groupe, il développa peu à peu un nouveau savoir. De son côté, son épouse, stimulée par cette vie inédite, compléta l'aménagement de la maison avec du mobilier contemporain aux lignes épurées et arrondies. Elle rencontra aussi de nouvelles personnes en s'investissant dans la paroisse et décida de reprendre contact avec leur cadette qui avait une petite fille âgée de 6 ans. Elle se fit discrète vis-à-vis de son époux. Elle savait que la blessure liée à ses filles était toujours présente.

Après plusieurs relances, la jeune femme accepta enfin de la revoir. La rencontre dans un restaurant à mi-chemin entre leurs lieux de vie fut intense et émouvante. En pleurant, les deux femmes tombèrent dans les bras l'une de l'autre. La cadette avoua combien les dernières années avaient été difficiles pour elle. « Maman, j'ai travaillé dur dans le bar que tenait mon ex. Je suis même devenue alcoolique malgré moi. Heureusement, quand j'ai appris que j'étais enceinte, j'ai réussi à me sevrer avec une aide thérapeutique. Cela m'a permis de mieux me connaître et de libérer mes souffrances d'adolescente », avoua-t-elle, tout en se mouchant. « Mais aujourd'hui, je ne me sens pas encore prête à revoir papa. J'ai encore besoin de temps, tu comprends ? »

Songeuse, sa mère acquiesça, lui disant qu'elle comprenait sa position du moment. Elle misait sur le temps qui apaise les douleurs. Elle-même, avec la puissance de la prière, s'était pardonnée la perte brutale de sa fille aînée. Ainsi, les deux femmes se virent en secret de temps en temps et la cadette présenta sa propre enfant à sa mère, quelques semaines plus tard.

En parallèle, le Cousin vivait pleinement sa passion et s'absentait régulièrement avec l'association. Il avait remarqué le comportement différent de sa femme. Elle était plus enjouée et l'incitait à s'amuser avec les adhérents du club automobile. « Je me demande pourquoi elle tient tant à ce que je participe à ces rencontres ! » se demandait-il, tout en balayant soigneusement son atelier. Il se préparait à recevoir un ami de longue date. En effet, son ami qui vivait seul, connaissait l'histoire tragique du Cousin et de sa famille. Il entreposait depuis des années dans son sous-sol, une vieille automobile des années 30. Elle avait appartenu à un membre de sa famille et il y tenait beaucoup. Il demanda au Cousin s'il pouvait remettre en état le moteur et rénover la carrosserie.

« Je ne sais pas si je peux répondre efficacement à ta demande », avait répondu celui-ci, songeur. J'ai encore à apprendre, mais tu peux toujours me déposer ta guimbarde. On verra ce qu'il est possible de faire. Le Cousin avait mis du temps à accepter d'intervenir sur le véhicule, car il ne se sentait pas totalement prêt pour le faire. Mais l'homme aimait les défis. C'est pourquoi il accepta au final de faire la remise en état du vieux véhicule.

Le jour convenu, l'ami arriva avec la vieille voiture placée sur une remorque. Le couple l'accueillit avec joie. Ils allaient partager un bon repas ensemble et parler de ce projet. À l'avant de la voiture, une silhouette accompagnait l'invité attendu.

« Tu es venu accompagné ! s'exclama le Cousin, je croyais que tu venais seul ! » Mystérieux, l'ami garda le silence. Il fit descendre d'un air complice la personne à ses côtés. Elle avait une casquette sur la tête qu'elle ôta d'un geste vif, laissant tomber en cascade de longs cheveux châtains. Stupéfait, le Cousin reconnut sa fille cadette. Profondément ému, il vacilla et serra fort la main de sa femme à ses côtés. Leur fille souriait largement au couple et venait vers eux pour les embrasser.

Plus tard, la jeune femme parlerait de son parcours qui avait libéré ses souffrances et le renouveau qu'elle vivait maintenant. Elle avait pris conscience d'une autre dimension de la vie où tout est abondance et amour. Revoir avec sérénité son père était enfin possible pour elle !

Vous : Quelle pièce se situe dans la zone Abondance de votre habitat ? Quelle décoration y avez-vous ? Avez-vous une relation satisfaisante avec l'argent ? Qu'évoque pour vous le mot abondance ?

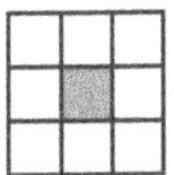

Le jardin – la réunion – centre tao vitalité/santé

Les fanions colorés installés de chaque côté de la grande porte voûtée flottaient allègrement dans le ciel azur. La journée s'annonçait belle en cette fin de printemps. Le chant des oiseaux accompagnait le bruit des préparatifs de la fête dans l'enceinte de la grande bâtisse. Perchée sur une colline verdoyante, elle se dissimulait derrière de grands arbres. Un chemin tortueux conduisait à une esplanade en terre battue qui marquait l'entrée principale. Des lauriers roses en pot délimitaient avec goût l'espace prévu pour le stationnement des voitures.

Les propriétaires de ce joli lieu louaient leur domaine aux beaux jours pour y accueillir des réceptions privées. D'origine anglaise, ils étaient tombés sous le charme de l'endroit qui se délabrait alors lentement, inoccupé depuis des années. Ils avaient décidé de tout quitter pour s'investir totalement dans un projet conséquent de rénovation.

Une demi-décennie plus tard, le résultat était enfin à la hauteur de leurs espérances : faire revivre l'endroit en beauté et le partager pour créer des moments joyeux.

Le neveu de l'Oncle avait eu envie d'organiser une réception pour fêter la majorité de son plus jeune fils. Il voulait inviter sa grande famille qui se réunissait très rarement. Il ressentait que c'était une belle occasion festive avant le départ de son cadet à l'étranger. Hypersensible, il avait été très touché de ne pas avoir partagé, du vivant de son Oncle, plus de moments en famille. Sa grande perception des énergies ambiantes s'était affinée au fil des ans en pratiquant avec passion le Yoga et la méditation. Suite à une reconversion, il en avait fait sa nouvelle activité professionnelle qui était en plein essor.

« J'ai vraiment envie, avait-il dit à son épouse, d'organiser une réunion inoubliable et de profiter de tous les membres de notre famille. Je souhaite utiliser une partie de la somme d'argent que j'ai reçu de l'Oncle. Ce sera comme son cadeau posthume. Nous avons fait si peu de fête ensemble ! » Celle-ci sourit à son époux et lui répondit que c'était une belle idée. Elle serait ravie de revoir certaines personnes perdues de vue depuis des années.

Pour cela, le neveu avait loué la belle bâtisse médiévale rénovée avec authenticité et charme. Les jardins attenants et une piscine naturelle y ajoutaient des espaces de bien-être, adéquats pour cette réunion le temps d'un week-end. Il réserva aussi les services d'un traiteur réputé dans la région afin de se laisser porter par la fête en toute sérénité. Arrivé la veille sur place avec son épouse, ils repérèrent avec soin les lieux pour mettre en place quelques surprises pour les invités. Le jardin médiéval les charma particulièrement. Situé au cœur de l'enceinte, il représentait dans l'art du Feng Shui un centre vital, nommé le Tao. Ce centre marque un point central symbolique dédié à la vitalité des habitants de la maison. Ce jardin était habillé d'un déambulatoire végétal couvert de glycines et ponctué de rosiers grimpants. Les parfums délicats de ces plantes enchantèrent le neveu et son épouse. Au cœur du jardin, une fontaine centrale en pierre blanche de Dordogne alimentait d'une eau pure le bassin de forme circulaire. Les hirondelles venaient y boire avec célérité et délicatesse. Dans ce décor paradisiaque, la première soirée en tête à tête fut délicieuse et pour eux deux uniquement. En effet, la plupart des invités, dont leurs deux fils, arriveraient dans la matinée du lendemain. Certains avaient prévu de venir un peu plus tard dans la journée.

Le lendemain, dans la lumière stimulante du matin, des tables rondes furent dressées pour le déjeuner, sous un grand auvent en tuiles protégeant des ardeurs du soleil. Les coloris pour les nappes et les serviettes avaient été choisies dans des tons de rose et de jaune. Des petits bouquets de graminées ponctuaient avec fraîcheur cette harmonie printanière.

L'ensemble avait été pensé pour favoriser la communication et l'ouverture du cœur. En effet, le neveu utilisait la psychologie des couleurs pour animer ses cours et ses ateliers. C'était très efficace pour mettre à l'aise rapidement des personnes qui se connaissaient peu. Et c'était le cas ici où nul ne se rappelait quand la dernière réunion familiale avait eu lieu.

Soudain, un bruit de klaxon retentit haut dans les collines. Une première voiture arrivait : c'était le Fils s'annonçant avec sa femme et ses deux enfants. Les quatre occupants descendirent joyeusement de la voiture et se dirigèrent avec leurs bagages vers l'entrée décorée.

Averti par le son, le neveu les accueillit sur l'esplanade en s'exclamant : « Eh bien, vous êtes les premiers ! Tu as l'air en grande forme, toi et ta petite famille ! Cela faisait si longtemps que l'on ne s'était pas vus ! » Le Fils sourit largement. Il était vraiment heureux de participer à cette réunion avec ses proches. Ils s'installèrent tous avec joie au premier étage de la bâtisse dans les deux chambres prévues pour eux.

Peu après, ce fut l'arrivée de la Tante. Elle était accompagnée de sa nièce qui travaillait toujours avec elle à « La Bonne Cuisine ». Les deux femmes tenaient d'ailleurs à offrir au neveu une sélection de leur dernière création culinaire composée de petits gâteaux. Elles étaient, elles aussi, ravies de cette proposition de rencontre familiale et déballèrent leurs affaires dans une petite dépendance à proximité de la bâtisse. Puis, un grand van monta le chemin aisément. Le Cousin, son épouse, leur fille cadette et leur petite fille en descendirent avec un magnifique bouquet multicolore. Le grand homme, fier de présenter sa famille, serra dans ses bras le neveu et son épouse qui l'avait rejoint sur l'esplanade. Depuis les retrouvailles avec sa descendance et la réussite de sa passion automobile, il avait gagné en joie et en spontanéité.

De son côté, la Cousine avait fait le trajet en train, puis réservé un taxi pour se faire conduire sur le lieu de la fête. Elle descendit avec élégance du véhicule et programma son retour pour le lendemain avec le chauffeur. Elle était magnifiquement vécue d'un grand manteau en lin ivoire, souligné d'une écharpe de soie turquoise qui mettait en valeur le bleu clair de ses yeux. Émue, elle embrassa avec douceur tous ceux qui étaient déjà présents et essuya une larme d'émotion en remerciant le neveu pour sa belle idée. Son installation dans une chambre spacieuse située au deuxième étage la ravit pour la splendide vue sur la campagne environnante.

Ensuite, ce fut le tour des Parents qui avaient loué une voiture pour venir depuis la grande ville avec leur bébé âgé de tout juste un an. Ils avaient décidé de prendre du repos dans la région, dans la continuité de ce week-end familial. Ravis de présenter leur enfant qui souriait à toute l'assistance, ils s'émerveillèrent de l'endroit trouvé par le neveu qu'ils félicitèrent pour son choix.

« La beauté du lieu, sa qualité environnementale nous évoque le mythe des cinq Animaux en Feng Shui qui définit l'emplacement idéal d'un habitat, lui déclarèrent-ils. Tu connais cet art ? Tu vois, la vision dégagée vers le ruisseau au bas de la colline évoque le potentiel du Phénix. Là-bas, la forêt derrière la propriété symbolise la protection de la Tortue. La puissance de construction de la bâtisse évoque l'ancrage du Serpent. Ici, les massifs à droite du bâtiment représentent la puissance du Tigre et ce chêne majestueux, là sur la gauche, évoque l'intuition du Dragon ! C'est énorme ! ajoutèrent-ils, l'emplacement de ce lieu est proche de la perfection selon le Feng Shui. Il dégage vraiment une harmonie naturelle ! »

Leur hôte répondit qu'il avait entendu parler du Feng Shui, mais que c'était avec son ressenti qu'il avait choisi cet endroit. Il était très heureux que les Parents confirment son choix. Puis, tranquillement, il leur suggéra de s'installer dans l'aile gauche du bâtiment où une grande chambre confortable leur était attribuée avec un lit d'enfant.

Plus tard, les deux fils arrivèrent sur la moto de l'aîné. Le neveu avait accepté cette situation. Il savait que les deux frères très complices allaient se séparer pour une longue durée. Il voulait leur faire plaisir. Le plus jeune remercia tendrement ses parents pour avoir organisé cette réunion en son honneur. En souriant et très à l'aise, il se présenta ensuite à tous.

Enfin, au moment de servir les apéritifs, l'Enfant, son petit frère et la maman accompagnée d'un homme attentif à la petite tribu apparurent discrètement sous le portail de l'entrée. « Nous sommes désolés de notre retard », s'excusa la maman. « Nous avons fait un détour qui a pris plus de temps que prévu. Je vous présente mon compagnon qui va bientôt vivre avec nous. Il prend ici la place de ma mère qui préfère rester au calme et cela me convient très bien, ajouta-t-elle, en baissant la voix. » Le neveu et son épouse la mirent à l'aise, en lui disant que c'était parfait ainsi. Ils lui proposèrent de déposer les bagages dans deux chambres proches de celles du Fils, puis de venir les rejoindre.

Le cocktail et le déjeuner, tous deux servis sur un thème champêtre, se déroulèrent en toute convivialité. Les uns et les autres étaient ravis de se retrouver et de partager les dernières nouvelles et évènements de leurs vies. Il y eut aussi un toast émouvant porté à la mémoire de l'Oncle, qui marqua une pause avant l'arrivée du dessert.

Les enfants, regroupés sur une table commune, jouaient déjà autour du bassin avec l'eau et des ballons blancs et jaunes. Car le neveu s'était amusé à en accrocher en haut de la fontaine pour faire une décoration ludique.

Le soleil était haut maintenant et la chaleur devenait plus intense. L'alcool aidant, le repas léger, mais copieux, incitait les personnes à se reposer. « Une sieste sera la bienvenue pour ceux qui le souhaitent, proposa à la volée le neveu, car la soirée sera longue et surprenante. Qui veut se reposer ? »

La plupart des invités acquiescèrent largement. Certains allèrent se détendre dans les chambres attribuées, d'autres préférèrent s'allonger ou bavarder à l'ombre des arbres à la lisière de la forêt. L'heure qui passa se figea comme la durée d'une demi-journée.

Un bruit de moteur retentit à nouveau sur l'esplanade. C'était la famille de la Fille qui arrivait au cœur de l'après-midi. Avec dynamisme, elle et son conjoint, accompagnée de leurs 3 enfants prirent leurs bagages et entrèrent dans l'enceinte endormie. Le neveu, alerté par le crissement des pneus, se leva de la chaise longue où il se reposait et vint à leur rencontre.

« Vous voilà enfin, je me demandais si vous étiez perdus ! Tu m'avais dit que vous viendriez après le déjeuner, mais il est terminé depuis longtemps ! » s'exclama- t-il en embrassant la Fille et sa famille avec élan. En effet, ils avaient l'habitude de se voir régulièrement et partageaient une certaine complicité en tant que frère et sœur. Celle-ci évoqua un contretemps de dernière minute concernant son amie Agnès que le neveu connaissait aussi. Cela avait retardé le départ avec l'ajout d'une circulation routière ralentie. Puis, revenant au moment présent, elle et son mari s'émerveillèrent de la beauté de l'endroit. Leurs enfants couraient déjà en direction de la fontaine et des jardins.

À ce moment-là, les Grands-parents accompagnés de leur fils et de sa famille arrivèrent à leur tour. Ils étaient venus ensemble dans un SUV familial loué pour l'occasion. Les Grands- parents étaient un peu sonnés par le voyage et le neveu les aida à s'installer dans une vaste chambre au rez-de-chaussée du bâtiment. Ils venaient d'emménager quelques semaines auparavant dans une agréable petite maison qu'ils avaient achetée. Ce changement avait été fatigant pour eux. Ils avaient hésité à venir, mais leur fils les avait convaincus de participer à la fête.

Ainsi, tous les invités étaient là pour cette rencontre inoubliable. En effet, le week-end marqua pour longtemps les mémoires de toutes les personnes présentes.

La fin de l'après-midi fut consacrée à de joyeuses baignades dans la piscine naturelle et à pratiquer de grands jeux en bois mis en place pour l'occasion. Un jeu de dames géant tracé à la craie sur une estrade eut un grand succès chez les plus jeunes.

L'heure du cocktail dînatoire arrivait bientôt. Le neveu, comme un Mr Loyal, indiqua le timing pour se changer et rappeler que chacun porterait un accessoire sur le thème médiéval.

Dans la grande salle de réception, l'équipe du traiteur avait habillé la longue table en bois avec un magnifique buffet appétissant et coloré. Des bougies aux couleurs de l'arc-en-ciel et des guirlandes aux lumières dorées ponctuaient chaleureusement l'ensemble de la grande pièce.

Vers 19 h, on commença à servir les coupes de champagne. La femme du neveu prononça alors un discours émouvant, remerciant l'ensemble des convives et célébrant les 18 ans de son fils cadet.

La magie du lieu envoûta peu à peu la soirée. Une autre pièce avait été sonorisée. Le fils aîné du neveu avait décidé de faire une surprise. Il joua quelques morceaux de guitare qu'il avait composés avant que le feu vert pour danser ne soit lancé. Ainsi, tous, petits et grands, hormis les bébés qui dormaient, s'amusèrent tard dans la nuit et même jusqu'au petit matin pour certains.

Plus tard, classant les photos du week-end, le neveu se souvint avec gratitude du moment d'unité vécue en faisant une ronde tous ensemble et en chantant quelques notes autour de la fontaine. Il avait même entrevu à ce moment-là une silhouette éthérée à côté du bassin et ressentit une paix profonde en cet instant. Était-ce la présence du gardien du lieu ? Il ne le savait pas vraiment, mais il pressentait qu'une autre réalité invisible agissait néanmoins. L'humanité avait un magnifique chemin devant elle.

Vous : Quelle pièce se situe dans le centre Tao de votre habitat ? Y avez-vous un élément décoratif ou architectural ? Votre vitalité est-elle satisfaisante ?

Conclusion

La maison est un alchimiste qui favorise l'évolution de chacun à son rythme. Toutes ces histoires ont le même sens : en modifiant son intérieur avec conscience et en écoutant son cœur, celui-ci peut nous libérer, nous guérir, nous transformer. En lien avec l'art du Feng Shui, la maison parle à notre âme et l'aide à grandir.

Remerciements

Je remercie particulièrement Bruno, Roméo, Orso, Elena et Brune pour leur accompagnement d'amour.

Je remercie chaleureusement Anne Pauzet, ma coach littéraire, Christelle ma première lectrice, Benoit Couzi et les Éditions du lys bleu pour leur confiance.

Je rends grâce à toute la famille, inspiratrice de cet ouvrage.

Glossaire
Ingrédients pour décoder l'habitat autrement

Ba-Gua : Cartographie symbolique de 9 secteurs de vie. Le Ba-Gua s'applique sur le plan de l'habitation et ensuite par pièces, sauf l'entrée, le couloir et les toilettes. La porte d'entrée peut se situer en zone Carrière, Connaissance ou Aide extérieure.

Ki ou Chi : Énergie vitale se trouvant dans l'atmosphère, la terre et les corps physiques. Ce terme correspond au Prâna des Indiens, au Pneuma des Grecs antiques. Le Chi est accéléré par le lisse et le droit, ralenti par la courbe et le relief. Il existe plusieurs types de Chi.

Chi de balayage : il correspond au mouvement d'une porte.

Chi statique : il se situe dans l'axe d'une porte et fatigue.

Chi coupant : il correspond aux angles architecturaux (ex : poutre, angle saillant)

Chi astral (personnel) : énergie du lieu nourrie par les personnes y vivant.

Chi multi-vibratoire : le Chi en circulant prend les informations vibratoires sur son chemin (poubelles ou fleurs…) sons, couleurs…

Flèche de Sha : accélération de l'énergie par une ligne droite, une route droite et longue, un couloir. Cela peut créer plus de tension et de stress.

Sha stagnant : énergie très basse, qui ne circule pas ou peu et reste dans les zones sombres.

Yang : Énergie dite masculine – Action – Soleil – lumière

Yin : Énergie dite féminine – Réceptivité – Lune – ombre

Du Yin au Yang pour les matières en décoration : Tissu mural – papier peint – liège – bois – patine/peinture à la chaux – peinture mate – peinture satinée – tadelakt – peinture brillante – terre cuite – pierre brute – béton – carrelage.

Tao : L'idéogramme Tao (Yin-Yang) signifie « la vie, le chemin » et représente la façon dont tous les phénomènes se produisent. Sa définition est symbolique, dans la mesure où il représente le devenir en mouvement perpétuel. Tout se modifie auprès de l'homme et celui-ci se modifie suivant ce qui l'entoure. Le Tao est la « voie », un concept philosophique harmonieux d'unité des contraires des forces Yin et Yang. Le Feng Shui cherche à aménager les espaces de vie de manière à harmoniser ces deux grands courants.

L'orientation : La lumière solaire agit sur la dynamique de la zone. Il est plus favorable d'avoir une ouverture donnant sur l'extérieur (fenêtre, baie vitrée) qui active la zone de vie. L'obscurité crée un frein, une « zone d'ombre » (au sens propre comme au figuré) si vous avez une pièce sans ouverture.

L'Est dynamise, élève et fait gagner du temps.

Le Sud dynamise et accélère l'énergie, parfois trop.

L'Ouest ralentit, freine les choses et incite au lâcher-prise.

Le Nord stabilise, ancre et pose.

Table des matières

Imprimé en Allemagne
Achevé d'imprimer en octobre 2023
Dépôt légal : octobre 2023

Pour

Le Lys Bleu Éditions
40, rue du Louvre
75001 Paris

www.ingramcontent.com/pod-product-compliance
Lightning Source LLC
Chambersburg PA
CBHW062345010826
49168CB00024B/269

* 9 7 9 1 0 4 2 2 1 2 6 1 2 *